성공하는 하루의 힘

성공하는 하루의 힘

발　행 | 2023년 02월 16일
저　자 | 조소정
펴낸이 | 한건희
펴낸곳 | 주식회사 부크크
출판사등록 | 2014.07.15.(제2014-16호)
주　소 | 서울특별시 금천구 가산디지털1로 119 SK트윈타워 A동 305호
전　화 | 1670-8316
이메일 | info@bookk.co.kr

ISBN | 979-11-410-1659-3

www.bookk.co.kr

성공하는

하루의

힘

조소정 지음

저자 소개

조소정

- 성공디자이너 대표, 작가
- <성공하는 하루를 보내는 15가지 습관> 저자
- 스마트스토어, 네이버카페 <성공디자이너>운영
- 세바시대학 5기 FT, 시 전공 FT(23".02)
- 세바시대학 4기 글쓰기 전공 FT(22")
- 세바시 스피치 출연(22")
- 성공습관 관련 동기부여 강연 다수
- 성공일지 챌린지 프로그램 진행
- 글쓰기 및 성공습관 코칭 다수

삼십대 중반까지, 무엇이든 끝을 제대로 마무리하지 못하고 작심삼일만 반복했다. 1년 넘게 성공일지를 매일 쓰고, 현재 성공디자이너로 활동하고 있다. 사회에 공헌하는 사람이 되고자, 책을 읽기 시작했다. 반년 만에 부산광역시 북구청 <사람책>에서 강의했다. 매일 스무여 가지 습관을 400여일 넘게 지키고 있다. 현재 성공일지 챌린지 프로그램을 진행하고 있다. 글쓰기, 책 쓰기, 습관코칭, 동기부여 강의를 통해서 사람들의 성공을 디자인해드린다.

책 소개

이 책은 누구에게 필요한가?

1. 작심삼일만 반복하는 사람
2. 자신감과 자존감을 동시에 올리고 싶은 사람
3. 이제는 원하는 꿈을 이루고 싶은 사람
4. 무조건 성공하는 목표 설정 방법이 궁금한 사람
5. 시간 관리하는 방법이 필요한 사람
6. 동기부여가 절실한 사람
7. 사랑하는 사람과 원하는 장소에서 최고의 것을 누리고 싶은 사람

위 7가지 중 하나라도 해당된다면 주목하세요!!
성공하루 도구 3가지로 원하는 습관은 무엇이든 만들어드립니다!

성공하고 싶다면, 작은 성공을 반복하라.

누구나 성공일지를 통해서 성공습관을 만들 수 있다.
모든 사람은 자신의 성공을 디자인하는 성공디자이너다.
성공하는 하루를 보내야 성공하는 사람이 된다.

CONTENT

<성공하는 하루의 힘, 활용법>

1. 목차 순서대로 읽기.
2. 매 글의 마지막에 있는 가이드를 삶에 적용하기.
3. 성공하루 도구 3가지를 매일 실천하기.
4. 매일 성공하는 하루를 보내기.
5. 목표를 달성하기.

프롤로그

1년 365일, 성공하는 하루를 보내고 자신의 삶을 기록하라

단 한 권의 책으로 인생이 바뀔까요?

어릴 때부터 꿈이 작가였지만 평생 작심삼일만 반복하던 저였어요. 언젠가는 책을 내겠다고 '생각'만했었죠. 재작년, 10개월이던 둘째가 갑자기 희귀병에 걸려서 대학병원에 입원했어요.

우여곡절 끝에 집으로 돌아와서, 켈리 최 회장님의 <웰씽킹>을 읽었어요. 더 이상 말로만 책을 쓰는 사람이 아닌, 매일 글을 쓰는 사람이 되었죠. 작년 하반기만, 공저를 포함해서 총4권의 책을 쓴 작가가 되었어요.

반년 만에, 사람들의 요청으로 동기부여 강연, 성공습관 코치, 성공일지 챌린지 프로그램을 운영하는 성공디자이너 대표가 되었어요.

성공이라고 해서 거창할 필요가 없어요. 당장 당신이 할 수 있는 작은 행동을 하면 됩니다. '어제의 나'가 유일한 경쟁자이죠. **'오늘의 나'가 '어제의 나'보다 조금이라도 더 성장하려는 마음, 의지, 생각만 있어도 성공이에요.** 그것이 첫 걸음이죠.

꿈을 이루는 여정이 1년이라고 가정한다면, 당장 오늘 하루부터 성공해야 해요. 성공하는 하루가 이틀, 사흘, 나흘이 지나면서, 당신이 꿈꾸는 삶이 코앞으로 다가와요. 기적은 누구에게나 와요. 단, 행동하는 자에게만 허락하죠.

1년 넘게, 하루에 성공습관 스무여 가지를 매일 지키고 있어요. 책을 읽는다고 모두가 성공하는 것이 아니에요. 당신의 삶에 책을 적용하고 실천한 사람에게만 기적이 찾아와요.

우연히 보도 섀퍼의 <돈>이라는 책을 만났어요. 성공하는 사람이 되고 싶다면, 매일 성공일지를 기록하라고 해요. 그날 이후, 잠자기 전에 성공일지를 적고 인스타그램에 인증한지 일년이 넘었어요.

반년 정도 지나자 사람들에게 <성공일지 챌린지>프로그램을 만들어 달라는 요청을 받았어요. 저는 프로그램을 이끌면서 함께 성장하니까 뿌듯하고 기뻤어요. 더 많은 사람들이 성공일지를 쓰고 성공습관을 장착하도록 도와주고 싶었어요.

성공일지를 쓰면 작은 성공을 반복하게 돼요. **매일 성공일지를 적고 긍정적인 기분으로 하루를 마무리 하게 되죠.** 작은 성과를 보면서 성장하는 과정 자체가 즐거워졌어요. 지속적으로 성취감을 느끼면 원하는 꿈을 이룰 거예요.

책에는 성공일지를 쓰기 전에 필요한 행동과 성공일지를 쓰는 방법과 효과를 상세하게 다뤘어요. 성공하는 하루를 보내는 <성공하루 도구 3가지>를 바로 적용할 수 있도록 담았어요. 마지막에는 성공습관을 코치하면서 가장 많이 들었던 질문을 모았어요. 꿈을 이루는 과정에서 누구나 한 번쯤 고민했을 법한 내용이죠. 매 꼭지마다 있는 질문에 당신만의 스토리를 만들어 가세요.

성공하는 하루의 힘은 생각보다 더 강해요. 당신도 이 책을 읽고 꿈을 찾아서 한 가지에 미친 듯이 몰입하기를 바랍니다. 성공습관을 장착하는데 성공일지가 가장 좋은 방법이에요. **성공하는 하루가 쌓이고 쌓이면, 성공한 사람이 되어있어요.**

당신이 말하는 대로, 생각하는 대로 인생은 흘러가요. 당신은 좋은 생각을 하고, 자신에게 긍정적인 말을 해주세요. 우리는 할 수 있어요. 매일매일 육아 전쟁이지만 쪽잠 자면서 글을 쓰고 있어요.

이 책을 통해서 단 한 분이라도 인생이 바뀔 수 있다면, 기꺼이 오늘도 글을 쓰겠습니다. 그 한 사람이 당신이기를 바라면서 이 책을 보내드립니다. 감사합니다.

이 책을 선택해주셔서.
지금까지 잘 살아와주셔서.

당신의 성공을 미리 축하드립니다.
당신의 성공을 디자인해드립니다.

2023년 눈부신 봄날, 서재에서
- 성공디자이너 조소정 -

"아이가 무엇을 꿈꾸든
마음껏 꿈을 펼쳐보라고 말하는 엄마이고 싶다.
그런 엄마가 되기 위해서 나부터 꿈을 이루어야겠다."

Chapter1.

나는 왜 성공일지를 쓰게 되었을까?

<삶의 태도>

1. 무엇이든 끝을 내지 못하던 나

'여러분은 절대로, 절대로, 절대로, 절대로 포기하지 마십시오.'

- 윈스턴 처칠 -

윈스턴 처칠이 한 강연장에서 딱 저 한 문장만 연설하고 내려왔어요. 그 당시 멀리서 온 사람들은 너무 짧은 연설에 불만을 터뜨리는 사람들도 있었죠. 하지만 저는 이 문장을 읽고 과거의 내 모습이 떠올랐어요.

어릴 때부터 하고 싶은 것이 많던 제가 엄마에게 학원을 여러 군데 보내달라고 졸랐대요. 다섯 살부터 피아노, 미술, 에어로빅, 영어, 수영 등 다양하게 배웠어요. 중학생이던 저는 합기도 도장에도 다녔어요. 반 년 정도 호신술을 배우다가 그만뒀어요. 어릴 적의 '나'는 호기심은 많으나 끈기가 부족해서 조금만 힘이 들면 포기했어요.

누구나 처음에 무엇을 배울 때는 새로운 것을 접하니까 재밌어요. 하지만 무엇이든 단계가 조금씩 올라갈수록 흥미로 하기에는 어려워지죠. 이때, 꾸준하게 하는 사람과 그렇지 못하는 사람으로 나뉘어요.

불행하게도, 저는 늘 후자에 해당하는 사람이었어요. 학원을 다니면서 다양한 경험만 쌓은 경우죠. 당신은 어떤 유형인가요? 요새는 한 가지에 푹 빠져서 뛰어난 '덕후'가 성공하는 시대잖아요.

무엇이든 끝을 내지 못하는 사람들의 특징이 크게 두 가지가 있어요. **첫 번째, 몰입의 기간이 짧은 사람, 두 번째는 몰입의 정도가 낮은 사람이 있어요.** 대부분의 사람들이 첫 번째에 해당할까요?

유년시절의 제가 예체능을 보통 6개월 정도 배우고 다른 것에 관심을 돌렸어요. 열정이 넘쳐서 배우고자 하는 의욕만 앞서고 뚜렷한 성과가 없었죠. 이런 유형은 얕은 수준의 여러 가지 경험만 있어요.

그런 반면에, 피아노를 다섯 살 때부터 고등학생 때까지 배웠어요. 약 12년 동안, 제가 피아노를 쳤으니까 꾸준하게 한 경우예요. 그렇지만 학원에서 하루에 한 시간정도 연습했어요. 마지막에 저의 수준이 재즈피아노 책을 연주하는 정도였어요.

이처럼 몰입의 정도가 낮은 경우도 있죠. 이런 경우, 오랫동안 무언가를 배웠지만 그것으로 밥벌이는 할 수 없어요. 말 그대로 예체능을 취미로 하는 수준에 머무르는 거죠. 저는 몰입의 기간과 정도가 충족되지 않고 무엇이든 끝을 내지 못 했어요.

학교에서는 공부를 뛰어나게 잘하지도 않고, 그렇다고 못하지도 않는 성적, 상위 15~20%정도의 아이였어요. 무엇이든 어중간하게 하다가 포기하는 자신이 싫었어요.

고등학생 때, 저는 라디오를 들으면서 공부했어요. 재미삼아서 몇 번 방송국에 사연을 보냈어요. 운이 좋게도 저의 사연이 당첨돼서 집으로 화장품세트, 손목시계, 카메라 등이 왔어요. 그때부터 글쓰기에 점점 재미를 붙였어요. 어느 날, 엄마에게 작가가 되고 싶다고 말했죠. 엄마께서.

"작가는 나중에 결혼해서 애 낳고 천천히 해도 된다. 평범하게 회사나 들어가. 작가는 경험이 많아야 하니까. 나중에~ 나중에 해."

'어린 나'는 그 말을 바보같이 곧이곧대로 믿어버리고 포기했어요. 허무하게도 저의 꿈은 그렇게 쉽게 묻혀버렸죠. 그때는 작가로서 성공할 수 있다는 자신감이 부족했어요. 그렇게 엄마의 말에 꿈을 미루어서일까요. 대학도 성적에 비해 턱없이 낮은 곳에 들어갔어요. 어차피 작가가 안 될 거라서 수능 공부에 매진 안 했어요. 수시로 하향지원하고 고3시절에 책만 읽었어요.

대학에서도 갈피를 못 잡고 복수학위를 취득했어요. 추가로 교직과정도 이수하고 교생실습도 다녀왔어요. 방향을 제대로 못 잡으니까 저는 여러 전공의 수업을 들었죠. 한 학기에 27학점을 들어서 바쁘게는 보내지만 딱히 성과가 보이지 않았어요. 다른 취업 준비생들은 다 한다니까 토익, 토익스피킹 학원도 다녔어요. 컴퓨터와 관련된 자격증들도 땄어요. 정확하게 어떤 일을 해야 할지 모르니까 남들이 한다는 것은 다 따라했죠.

꿈을 이룰 때, 가장 중요한 것은 당신이 원하는 일이 무엇인지 정확하게 아는 것이에요.

다행히도, 제가 나름 노력해서일까요. 대학교 졸업하고 전공을 살려서 연봉이 꽤 높은 중견 기업에 들어갔어요. 첫 3개월 정도, 수습기간에는 기본적인 업무를 익혔어요. 이 회사는 주5일 야근이 기본으로 업무강도가 높았어요. 적응기간 동안, 신입사원은 정규시간만 근무해서 편하고 어려운 일이 없으니까 그럭저럭 다닐 만했어요. 문제는 본격적으로 업무를 담당하니까 끈기가 없던 제가 버티기가 힘들었어요. 업무를 처리하는 속도가 느린 탓에 점점 스트레스도 쌓여갔죠.

매일 야근이 시작되니까 체력적으로 힘들어지니 또 그만두고 싶어졌어요. 부모님은 처우가 좋은 회사이니 끝까지 다니라고 했어요. 저는 회사의 복지는 보이지 않고 아침마다 출근하는 것조차 고역이었죠.

진정으로 제가 하고 싶은 일이 아니라서 열정과 인내심도 턱없이 부족했어요. 부모님의 권유에 따라 들어간 직장이여서 그런 걸까요. 역시나 타인의 기준에 맞춰서 선택한 직장 생활은 오래가지 못 했어요. 결국은 제게 과분했던 첫 회사를 7개월 만에 나왔어요. 30대 초까지 4번의 퇴사를 더 반복했어요. 저는 직업도 쉽게 그만두는 사람이었죠.

꿈을 이루기 위해서 열정적인 끈기가 반드시 필요해요. 재능도 중요하지만 무엇보다 꾸준하게 노력해야 해요. 한 분야에서 탁월한 성과를 내기 위해서 말이죠. 잠시 반짝이다가 사라지는 끈기가 아닌 지속적인 끈기가 필수예요.

결혼하고 아이들을 낳고 보니까 제가 능력이 있어야 하더라고요. 사랑하는 사람과 원하는 장소에서 최고의 것을 누리고 싶어졌어요. 이제는 더 이상 포기하지 않기로 했죠. 좋은 습관을 장착하고 성공하는 하루를 보내기로 결심했어요.

삶의 태도 1.
열정적인 끈기

1. 과거에 쉽게 포기한 일이 있었나요?

2. 끈기를 가지고 성과를 낸 경험이 있나요?

3. 당신은 반드시 이루고 싶은 꿈이 무엇인가요?

2. 이 어려움은 걸림돌인가? 디딤돌인가?

첫 회사를 나오고도 비겁한 선택을 했어요. 진짜 내가 원하는 작가를 준비하는 것이 아니라 멋져 보이는 외국항공사 승무원을 준비했어요. 어느 날, 엄마의 통화하시는 내용을 엿들었어요. 엄마는 간단한 수술을 하는 외할머니를 간호할 사람이 없어서 난감해하셨어요. 취업 준비하던 제가 비교적 시간이 여유로웠죠. 병원에 가겠다는 저의 제안에 엄마는 고마워하셨어요. 며칠만 할머니를 간호하고 있으면, 엄마가 주말에 오겠다고 했어요.

혼자 찾아간 병원에는 하얀 벚꽃들이 뒤덮여 있었어요. 수술을 앞 둔 할머니의 안색이 생각보다 좋아보여서 안심되었죠.

몇 시간 후, 병실에서 할머니와 마주보고 앉아서 저녁 식사를 했어요. 퇴근길에 잠시 들린 외삼촌이.

"엄마, 퇴원하시면 맛있는 소고기 먹으러 가요. 제가 사드릴 게요."

그 말에 할머니는 말없이 웃으셨어요. 짧은 대화를 마치고 삼촌이 병실을 나가자 할머니께서.

"지나(너나) 고기 좋아하지, 어미가 해산물을 좋아하는 걸 아직도 모르고.."

말끝을 흐리시던 할머니는 마저 국에 밥을 후루룩~ 말아 드셨어요. 병원에서 이것저것 챙기다보면 하루가 유독 짧게 느껴졌어요. 할머니는 자꾸만 목이 타신다고 하셨어요. 불현듯 할머니가 평소에 좋아하시던 음료수가 떠올랐어요.

바로 편의점으로 달려가서 불가리스 두 개를 사왔어요. 할머니는 웃으시면서 음료수를 연거푸 다 드셨죠. 수술을 앞두고 아스피린 약을 끊어서인지 할머니는 잠이 안 오신다고 하셨어요. 다른 환자들이 자고 있어서 우리는 휴게실로 나갔어요. 할머니께서.

"너희 할아버지도 불쌍하다. 평생 고생을 얼마나 했노."

생각이 많아 보이시는 할머니와 이야기를 나누다가 새벽 한 시가 넘어서야 병실로 돌아갔어요. 간이침대에 누운 저는 엄마의 말이 떠올랐어요.

"할아버지가 그러시던데, 몇 달 전부터 할머니가 잠꼬대가 그렇게 심하다네. 밤에 잘 지켜봐."

엄마의 말씀대로, 할머니는 병실 침대의 난관 사이로 몇 차례 손을 뻗으셔서 뭐라고 중얼거리셨어요. 할머니가 그저 잠꼬대를 하신다고 생각하고, 저는 일어나지도 않고 폰을 봤어요. 얼마 후, 할머니가 잠드신 것을 확인하고 나서야 깜박 눈을 붙였어요. 두 세 시간이 지났을 쯤에.

"저기요. 보호자 분. 할머니 상태가 이상하신 것 같아요. 일어나보세요. 빨리요!!"

다급하게 저를 깨우는 간호사의 소리에 무언가가 잘못되었다는 것을 직감했어요. 눈을 비비고 할머니 얼굴을 본 순간 가슴이 철렁했죠. 할머니는 입에 하얀 거품을 문채 눈을 뜨지도 못하셨어요. 정신을 차리고 보니 할머니가 아예 몸을 움직이지 못하셨어요. 그 짧은 시간 사이, 할머니의 뇌혈관에 문제가 생겼던 것이죠. 의사선생님이 오셔서 할머니의 상태를 보시더니 일단 검사를 해봐야겠다고 했어요. 긴급하게 옮겨지는 할머니의 귀에 대고.

"할머니, 괜찮아요. 금방 사진만 찍어 본대요. 곧 괜찮아진다고 하니까 너무 걱정하지 마세요. 할머니 안 아플 거예요."

혹여나 할머니가 들으실까봐 애써 터져 나오는 눈물을 참았어요. 혼자서 어떡해야 할지 막막하고 이대로 할머니가 떠날까봐 겁났어요. 검사실로 할머니가 들어가자 엄마에게 어서 연락했죠. 집에서 엄마는 할머니에게 드릴 전복죽을 끓이고 있다고 조금만 기다리라고 하셨어요. 그 문자에 결국 저는 울음이 터져서 병원 복도에 주저앉고 말았죠.

"엄마, 할머니 죽.. 못 드셔.. 사실, 지금 상황이 많이 안 좋아. 그러니까 제발.. 그냥 일단 빨리 와줘요.."

할머니는 곧바로 수술을 하셨지만 결과가 좋지 않았어요. 의사선생님은 삼일을 넘기기가 힘들 거라고 하셨죠. 중환자실에서 마음씨 고우신 할머니는 우리에게 인사할 시간을 주셨던 걸까요. 정확히 삼일 뒤, 끝내 눈을 뜨지 못하시고 숨을 거두셨어요.

그날 새벽에 잠꼬대라고 착각했던 할머니의 손짓이 살려달라는 신호였죠. 그 간절한 신호를 알아차리지 못했다는 죄책감에 견딜 수가 없었어요. 갑작스러운 외할머니의 죽음 앞에서 뭐든지 더 쉽게 포기하고 의욕도 사라졌어요.

어차피 인생은 허무하게 끝나는데 해외에 나가서 돈 많이 버는 것이 무슨 소용인지 싶었죠. 더구나 외항사승무원을 준비할수록 경쟁자들의 스펙에 자신감도 낮아졌어요. 누구나 살면서 가족의 갑작스러운 죽음이나 큰 어려움이 닥쳐와요. 그 역경을 대처하는 우리의 자세가 중요해요. 힘든 일이 생겼을 때, '이십대의 나'는 문제를 해결하지 않고 도망 다녔어요. 문제는 한 번만 포기하는 것이 아니라 무엇이든 제대로 마무리 짓지 못했죠.

인생의 터닝 포인트가 오기 전에 큰 시련이 닥쳐요. 운의 흐름이 바뀔 때, 우리에게 고난이 찾아오죠. 당신은 어려움을 디딤돌로 보고 이겨낼 것인가. 아니면 걸림돌로 여기고 무너질 것인가. 개인마다 앞으로 어떻게 행동할 것인지 선택해야하죠.

삼십 대 중반, '지금의 나'에게도 여러 번의 위기가 찾아왔지만, 이제는 더 이상 도망가지 않아요. 매번 도망간 곳에도 천국은 없었어요. 또 다른 어려움만 저를 기다리고 있을 뿐이었죠.

당신은 어려움을 걸림돌로 볼 것인가?
아니면 어려움을 디딤돌로 여길 것인가?

만약, 당신이 힘든 상황이라면, 지금이 기회입니다.

삶의 태도 2.
어려움에 대처하는 자세

1. 최근에 당신에게 닥친 큰 어려움이 있나요?

2. 어려움이 걸림돌로 보나요? 아니면 디딤돌로 보이나요?

3. 앞으로 당신이 문제에 현명하게 대처하기 위해서 할 수 있는 행동은?

3. 가슴에 박힌 그 말 한마디

　재작년 초, 사랑스러운 둘째 딸을 낳았어요. 때마침 퇴직하신 친정 아빠가 산후조리를 해주셨어요. 아침마다 같은 아파트에 사시는 아빠께서 집으로 오셨어요. 하루 종일 저 대신해서 아빠가 요리와 청소를 맡으시고 손녀를 돌보셨죠. 아빠의 희생 덕분에 낮에는 유모차를 끌고 산책도 나가고 병원도 자유롭게 갈 수 있었어요. 첫 번째 출산보다 확실히 산후회복속도가 빨 랐어요. 한두 달쯤 지났을까. 주말에는 아빠가 시골집으로 가셨 어요. 그날따라 아빠는 저녁을 차려주고 마음이 급하셨는지 서 서 라면을 드시고 서둘러 집을 나셨죠.

한 시간 뒤, 60일이 된 아기를 안아서 트림시키고 있는데 여동생이 전화가 왔어요. 수화기 건너편, 동생의 목소리에서 불안함이 느껴졌어요.

"언니! 아빠가 방금 전화 왔는데, 몸이 이상하시데. 운전하는데 갑자기 눈이 안보인대."

고속도로에서 운전하시던 아빠가 갑자기 정신을 잃었지만 본능적으로 브레이크를 밟고 도로 한복판에 멈췄어요. 다시 정신 차리신 아빠가 차를 갓길에 세워두고 동생에게 전화를 거신 거죠. 옆에서 상황을 파악하신 엄마가 바로 119구급차를 불렀어요.

금요일 밤이라서 고속도로에는 차가 많았어요. 천운으로 조명이 밝은 터널 입구 앞에서 아빠의 차가 멈췄던 거죠. 수많은 차들이 서있던 아빠의 차를 다 지나갔어요. 짧은 사이, 아빠의 몸 왼쪽에 감각이 서서히 사라지고 있었어요. 구급차 안에서 엄마가 아빠의 팔다리를 주무르시다가 깜짝 놀라셨어요. 아빠 양쪽 다리의 체온이 확연히 달랐기 때문이죠.

이 소식을 들으니, 몇 년 전에 갑자기 뇌혈관이 막히셔서 돌아가신 외할머니가 떠올랐어요. 저는 몸이 벌벌 떨려서, 아기를 품에 안은 채 바닥에 주저앉아버렸죠. 나 때문에 또 소중한 사람을 잃을까봐 두려웠어요. '꺼이꺼이' 목을 놓아 우는 소리에 남편이 나와서 제 어깨를 토닥거려줬어요.

한두 달 동안, 아빠가 표현 안 하셨지만 저를 산후조리해주시면서 극심한 스트레스를 받으신 거죠. 그날 밤, 중환자실에서 아빠의 혈압 수치가 계속 180까지 올라갔어요. 천만다행히도, 아빠는 골든타임을 잘 지켜서 시술의 경과가 좋았어요. 얼마 후, 아빠는 완전한 모습으로 일상으로 돌아왔어요.

그때부터였을까요. 하루빨리 부자가 되어 부모님을 호강시켜드리고 싶어졌죠. 아빠가 퇴원하신 후에, 동생이 가까운 곳으로 부모님과 여행가자고 했어요. 아빠의 건강상태를 유심히 지켜봐야 해서 가까운 해운대로 여행 갔죠.

첫날, 부산에서 가장 비싼 숙소인 엘시티 레지던스에서 하룻밤을 보냈어요. 저희가 머문 곳은 오션 어라운드 스위트룸이었어요. 방3개고 거실과 주방이 연결되어 있는 구조였어요. 집안 어디를 가도 해운대바다가 시원하게 내려다 보였어요. 가슴이 뻥 뚫리는 광경에 절로 감탄사가 연이어 터져 나왔죠. 저도 모르게 이 풍경을 눈에 담고 싶어서 자꾸만 창가에 서서 바깥을 내다보았어요. 당시 4살이던 첫째 아들이 신나서 뛰어다니다가.

"엄마, 우리 여기에서 살면 안 돼? 이 집 진짜 너무 좋아."

신혼집에서는 안 뛰던 아이였거든요. 차마 입 밖으로는 말이 나오지 않고 마음속으로.

"엄마가 미안해, 우리는 이런 곳에 살 수 없어."

이곳에서 가족과 살면 얼마나 행복할까요. 그런데 아무리 생각해도 부자가 되는 방법이 떠오르지 않았어요. 애서 괜찮은 척 하며 창밖을 내려다보니. 와~ 진짜 86층에서 내려다보니 바다가 발아래에 있는 것 같았죠. 마치 제가 배에 탄 마냥 괜히 속도 울렁울렁한 느낌이어요. 새벽 세시가 넘은 시각에도 설레는 마음이 진정이 안 되서 잠을 깊게 잘 수가 없었어요. 고작 한두 시간정도 잠들었다가, 일출시간에 맞춰서 거실로 나갔어요. 평소에는 들리지 않던 알람소리가 어찌나 크게 들리던지 몰라요. 바다 위에 떠오르는 붉은 태양을 눈앞에서 보고 싶었어요.

좋은 것은 함께하면 좋죠. 옆방에 가서 곤히 자고 있던 동생을 깨웠어요. 거실 창가에 놓인 마사지 의자에 앉은 서로의 뒷모습을 찍어줬어요. 가볍게 백장정도 찍었을 쯤에 해가 떠오르기 시작했어요. 어서 큰 방으로 달려가 부모님도 깨웠어요. 창가에서 일출을 구경하시는 두 분의 뒷모습을 사진으로 담았어요. 그때, 아빠가 하시던 말씀이 가슴에 콕 박혔죠.

"죽기 전에 우리 다시.. 여기 못 오겠지."

아빠가 그날 갑자기 쓰러지시지 않았으면, 우리도 한 달 생활비와 맞먹는 금액을 쓰고 여기에 묵을 결정을 쉽게 하지 못했을 거예요. 그 말이 귓가에 자꾸 맴돌았어요.

'왜 우리는 고급아파트에서 살지는 못 할망정 하룻밤정도 묵는 것도 어려울까. 부모님은 언제 이렇게 늙으셨지? 왜 부모님을 모시고 여유롭게 여행 한 번 가지 못하는 걸까?'

생각의 꼬리에 꼬리를 물면서 서럽기까지 했어요. 인생을 열심히 살지 않은 것도 아닌데 말이죠. 왜 우리 가족은 부자가 될 수 없을까. 이런 고급아파트에 살 수 없을까라는 의문이 들었죠. 그때부터 조금씩 성공하는 삶을 살고 싶은 마음이 꿈틀거렸어요. **사랑하는 사람들과 원하는 장소에서 최고의 것을 누리고 싶더라고요.**

막상 무엇을 해야 할지 몰라서 영어 회화부터 공부했어요. 네이버 블로그에 부산여행을 시작으로 글을 올렸어요. 쿠팡에는 구입한 물건의 리뷰를 정성스럽게 남겼어요. 1년 동안, 쿠팡 체험단에 꾸준하게 당첨되어서 살림에 보탬이 되었죠.

당장 제가 할 수 있는 작은 행동을 통해서 천천히 일상에 변화를 가져왔어요. 첫 번째, 할머니의 죽음 앞에 '이십 대의 나'는 처절하게 좌절했어요. 두 번째, 아빠가 죽음의 문턱 앞에 갔다 온 이후에 '삼십 대의 나'는 꿈을 이루고자 하는 의지와 책임감이 생겼어요.

삶의 태도 3.
책임감

1. 성공한다면 부모님에게 드리고 싶은 선물은 무엇인가요?

2. 꿈을 이루기 위해서 당장 할 수 있는 작은 행동은 무엇인가요?

3. 사랑하는 가족에게 편지를 써보세요.

4. 신이시여, 이 고통은 끝이 나는 건가요?

둘째를 출산하고 매일 유모차를 끌고 산책 다녔어요. 밖에 나가서 햇빛을 보는 것만으로도 에너지가 채워지는 느낌이었죠. 당시, 네 살이던 첫째 아이는 엄마랑 같이 나와서 마냥 신났어요. 둘째 아기는 기특하게도 유모차에서 두세 시간씩 낮잠을 잤어요.

유난히도 성격이 급한 여름은 눈 깜짝할 사이에 지나가 버렸죠. 곧이어 찾아온 가을이 제 옆구리를 콕콕 찌르면서 자기 왔다고 인사를 건넸어요. 건강하게 잘 자라던 둘째가 어느새 10개월이 되었죠.

아장아장 걷기 시작한 아기는 며칠째 해열제를 먹여도 열이 좀처럼 떨어지지 않았어요. 아픈 둘째를 돌본다고 잠을 제대로 못자서 피곤했어요. 그날은 남편의 생일이라 온 가족이 다 같이 모여서 저녁식사를 했죠.

갑자기 딸이 심하게 보채서 식사를 멈추고 아기의 몸을 이리저리 살펴보았어요. 순간, 제 심장이 덜컹 내려앉았죠. 며칠 전, 산후조리원 동기에게 들은 가와사키라는 희귀병의 증상이었기 때문이죠. 친정 부모님에게 첫째를 맡기고 짐을 쌌어요.남편과 아기를 데리고 서둘러 집근처 대학병원에 갔어요.

병원에 가면 아픈 사람들이 왜 이리 많을까요? 특히 어린이 병동은 아픈 아이들과 보호자들이 있으니 건물에는 많은 사람들로 붐볐어요. 휴게실에도 자리가 없어서 차안에서 아픈 아기를 안고 대기했죠. 간호사선생님이 전화오시면 잠시 내려가서 간단한 검사를 받았어요. 밤 11시에야 응급실이 있는 건물 앞에서 의사선생님을 만날 수 있었어요. 의사가 짧게 아기의 눈과 몸을 이리저리 살피시더니.

"가와사키가 맞네요. 어서 입원치료 해야 해요. 치료가 얼마나 길어질지 모르니 짐을 잘 챙겨서 대기하고 있으세요. 코로나가 심해서 두 분은 격리되실 거예요."

병실에 격리까지 하다니 눈앞이 캄캄했어요. 보호자인 저도 병실 밖으로도 못나가니까 꼭 감옥에 있는 것 같았죠. 코로나가 극심해진 시기라서 면회도 안 되었어요. 격리실에 도착한 시각은 이미 새벽 두시가 다 되었죠. 둘째와 함께 보내는 남편의 첫 생일이 이렇게 허무하게 지나가버렸죠. 다음날, 코로나 검사결과가 나오고 일반 병실로 옮겼어요. 담당 의사선생님이 병을 치료하는 방법과 기간을 알려주셨어요. 아기가 아픈 것이 꼭 엄마인 저의 잘못인 것 같아서.

"혹시 가와사키 병에 걸리는 이유가 뭐예요? 아기가 집에서 아무거나 입에 넣고 해서 그런 걸까요?"

눈치 빠른 의사가.

"이 병에 걸리는 원인을 아무도 못 밝혔어요. 그 이유를 아는 사람이 있으면, 노벨상을 받을 겁니다. 엄마의 잘못이 아닙니다."

눈물을 겨우 참고 선생님의 설명을 마저 들었어요. 두 시간마다 열을 재고, 아이가 먹는 분유 양과 배변 상태를 기록했어요. 그날 밤, 아기는 밤새 열이 났고 극심한 통증에 잠을 못 이루었어요. 제가 아기를 안아서 재워주면 그나마 십분이라도 잤어요. 도저히 저도 피곤해서 살짝이라도 누운 채 팔베개라도 하면 아기는 깨서 다시 울었어요. 얼마 지나지 않아 저의 뒷목과 등은 저려오고 눈이 뻐근해졌어요. 몇 번의 열 체크를 더 하고나니까, 벌써 오전회진 시간이 되었죠.

가와사키 치료과정은 면역글로빈을 투여하고 며칠 동안 경과를 지켜봐요. 보통은 1차 치료에서 끝난다고 들어서 희망이 보였죠. 의사선생님이 1차 치료가 끝난 다음날 오전까지도 열이 안 나면 퇴원하라고 했어요. 그러나 퇴원예정이던 당일 새벽에 갑자기 열이 다시 오르기 시작했죠. 2차 치료까지 하게 되면서 막막했어요. 11개월이던 아기가 병실침대 난간을 잡고 걸어 다녀서 혹시나 떨어질까 봐 불안했어요. 저는 먹고, 씻고, 화장실 가는 것조차도 마음 놓고 할 수가 없었죠.

말도 못 하고 축 늘어져 품에서 잠든 아기가 안쓰러웠어요. 혹여나 아기가 깰까 봐 숨죽이며 미친 듯이 울고 또 울었어요. 살면서 그날처럼 몸서리를 치면서 운적은 없어요. 겁이 나서 기도했어요.

'신이시여, 이 고통은 끝이 나는 건가요?

제발 한 번만, 저를 봐주세요.

앞으로 착하게 살 테니까, 우리 아기만 안 아프게 해주세요.

차라리.. 차라리 제가 대신 아플 게요.'

마치 끝이 보이지 않는 터널에 갇힌 것 같았죠. 예상과 달리 치료가 더 길어졌어요. 병원로비에 크리스마스트리가 설치된 것을 보고서야 12월이 찾아온 것을 알았죠. 여전히 밤새 보채는 아기를 안아서 재우다가 1층에 커피를 사러 갔어요. 하루는 로비의 한 쪽 벽면에 있는 기부자 명단이 눈에 들어왔어요. 1억 이상 기부한 사람들이 많다는 사실에 놀랐어요. 순간 머리가 땅~ 하면서 정신이 번쩍 들었죠. 갑자기 저기에 제 이름을 올려야겠다는 생각이 들면서 마음을 다잡았어요.

그래서일까요. 그 이후, 둘째의 치료가 잘 되어서 집으로 돌아갈 수 있었어요. 막연하게 성공하고 싶은 마음은 굴뚝이었지만, 어떻게 부자가 되는지 모르겠더라고요. 제일 먼저, 몇 달 고생한 저를 돌보기로 했어요. 아이들과 밥도 잘 챙겨먹고 잠도 푹 잤어요. 나흘 뒤, 그때 기부자 명단 앞에서의 다짐이 떠올랐어요. 우선, 저는 책을 읽어보기로 했죠. 막상 책을 읽으려고 하니까 어떤 것을 봐야할지 모르겠더라고요. 유튜브에서 동기부여 영상들을 닥치는 대로 찾아 봤어요. **저의 인생을 송두리째 바꾼 동영상과 책을 만났어요.**

드디어 운이 바뀌기 시작한 거죠.

삶의 태도 4.
사회공헌

1. 당신이 진정으로 원하는 삶을 구체적으로 적어보세요.

2. 왜 성공하고 싶은지 질문을 던져보세요.

3. 타인을 위해서 내가 할 수 있는 것이 무엇인가요?

5. 결혼하고 가장 느끼고 싶었던 감정

카지노에 가본 적이 있나요?

만약에 경험이 없으시다면, 드라마나 영화에서는 한번쯤 봤을 거라고 생각해요. 제가 퀴즈 하나 낼게요. 카지노에 없는 것이 세 가지가 있다고 하는데 무엇일까요? 아시는 분도 있겠지만, 네. 맞아요. 그것은 창문, 시계, 거울이에요. 바로 이 세 가지가 자신을 되돌아보게 하는 도구이기 때문이죠. 우연히 본 김창옥 교수의 강의에 나오는 내용이에요. 이 부분을 듣고 있는데 얼마나 서러운지 어두운 방안에서 펑펑 울었어요.

제가 작년에 집안일 하고 아이들만 돌보면서요. 하루 종일 이 세 가지를 안 보고 살고 있었어요. 육아가 힘든 이유가 정신없이 하루를 보내면 밖에도 못 나갈 때가 많아요. 아픈 아기 때문에 창문도 못 열고 시계조차 볼 틈도 없었죠. 거울 앞에서서 내 모습을 제대로 본 날이 손에 꼽혔어요. 지난날 저의 일상이 스쳐지나가면서 '나'를 돌보고 싶어졌어요. 혼자서 쉬고 싶고 그냥 푹 자고 싶었어요. 둘째가 퇴원하고 집에 돌아왔을 때라서, 더 간절하게 휴식이 필요했는지 몰라요. 그런 저에게.

"자신을 돌보고 살아라."

교수님의 조언을 들어서일까요. 갑자기 가슴속에서 뜨거운 불씨가 피어올랐어요. 육아하면서 가장 느끼고 싶었던 감정은 성취감이에요. 아이들은 커진 옷이나 신발을 보면 성장하는 것이 눈에 확 보이죠. 그렇지만 저의 성장은 확인하지 못해서 불안했어요.

작은 행동을 찾아서 하나씩 시도해봤어요. 그날 이후, 매일 아기를 유모차에 태워서 다시 걸어 다녔어요. 전보다 더 부지런히 움직여서 거울 앞에도 서보고요. 집안일 하다가 의식적으로 시계도 보고 나를 위한 시간도 가졌어요. 자신을 적극적으로 돌보고 사랑해줬어요.

성취감을 반복적으로 느끼기 위해서 책을 읽기 시작했죠. 저의 인생을 송두리째 바꾼 책은 켈리 최 회장님의 <웰씽킹>이에요. 책에서 하라는 대로 목표를 설정하고 나의 핵심 가치가 무엇인지 파악했어요. **책을 단순히 읽는데서 그치는 것이 아니라 일단 작은 행동부터 실천했어요.** 저의 인생은 조금씩 바뀌기 시작하였죠. 부자들의 생각을 체득하니 낡은 신념이 바뀌었어요. 저도 부자가 될 수 있다는 자신감이 생겼죠. 더 나아가 사회에 선한 영향력을 끼치는 사람이 되고 싶어졌어요.

최근에 가장 많이 받은 질문 중에 하나가 어떻게 그 많은 성공습관을 가지게 되었냐고 물어보세요. 처음에 '나'라는 사람 자체를 새로 세팅하기 때문에 하루 동안 지키는 습관의 개수가 하루 최대 28가지였어요.

<웰씽킹>을 읽은 첫 날 바로 확언, 독서, 운동을 매일 시작했죠. 나쁜 습관 세 가지, 모임, 유희, 쇼핑을 끊었어요. 이 외에도 책에서 하라는 대로 감사일기, 기부, 명상을 차례대로 성공습관 목록에 추가했어요. 어느 덧 스무여 가지의 나만의 습관 목록이 생겼죠.

회장님의 사업이 망하고 힘든 시절에 60번도 넘게 본 책<시크릿>을 100일 동안 매일 들었어요. 잠재의식을 바꾸고 일상생활에 끌어당김의 법칙을 적용해 봤어요. 매순간 감사와 행복함을 느끼니 좋은 일들이 생겼죠.

하루는 제가 마음속으로 책을 가지고 싶다고 생각했어요. 며칠 뒤, 각종 이벤트에 당첨되거나 지인들이 책을 선물로 보내줬어요. 2022년 3월, 한 달 동안 책을 10권이나 받았어요. 신기하죠.

100일 동안, 부와 운을 끌어당기는 부자확언 동영상도 매일 듣고 큰소리로 따라 말했어요. 돈을 긍정적으로 바라보는 관점을 지니게 되었어요. 그동안, 100일 프로젝트에 성공한 습관이 총 29가지예요.

* 성공디자이너 100일 챌린지 성공습관목록 (2021.12.21~)

1~4. 확언, 독서, 운동, 영어 100일 22.03.30.

5. 독서 2nd 100일 22.03.31

6. 기부 7. 감사일기 100일 22.04.04

8. 시크릿 오디오북 100일 22.04.06

9. 명상 100일 22.04.08

10. 감사인사 100일 22.04.09

11. 새벽형 100일 22.04.10

12. 100번 쓰기 100일 22.04.17

13. 인스타 기록 100일 22.04.21

14. 부자확언 100일 22.04.22

15. 동기부여모닝콜편 100일 22.05.10

16. 성공일지 100일 22.05.18

17. 이자통장 18. 블로그 기록 100일 22.05.28

19. 끈기프로젝트 운동편 100일 22.07.09

20. 미니스탁 100일 22.08.02

21. 부끌챌린지 100일 22.08.08

22. 백일백장 100일 22.08.09

23. 깨달음 및 아이디어 일기 100일 22.11.10

24. 성공일지 챌린지 100일 22.11.15

25. 청소 및 비우기 100일 22. 12.03

26. 가계부 100일 22.12.05

27. 시간일지 100일 22.12.12

28. 강의일지 100일 22.12.29

29. 끈기프로젝트 독서편 100일 23.01.24

목표를 생각하고 원하는 삶을 상상하세요.

당신도 반복적으로 성취감을 느끼고 꿈을 이루길 바랍니다.

당신만의 루틴을 만들어보세요.

지금 당장.

삶의 태도 5.
성취감

1. 최근에 성취감을 느낀 적이 있어요?

2. 당신만의 루틴을 만들어보세요.

3. 성공습관을 100일 동안 지켜보세요.

6. 나는 오늘만 살기로 했다

"이미 일어난 일을 후회하는 삶,

아직 일어나지도 않은 일을 걱정하는 삶이 아닌

오늘만 살기로 했다."

저의 성장과정을 지켜 본 사람들이 가장 많이 하는 질문이.

"소정님은 어떻게 어린 아기를 돌보면서도 그렇게 많은 일들을 할 수 있나요?"

제 대답은 첫 문장이죠. 해야 할 일이 태산이라고 지레 겁을 먹고.

'내가 오늘 안으로 이 일들을 다할 수 있을까?'

걱정할 시간에 일단 행동하는 사람이 되는 거죠. 매순간, 제가 현재에 집중하기로 한 이후로 예상보다 더 많은 일을 해내고 있어요. 아침에 일어나자마자 정신을 가다듬고 침대자리에 앉아요. 숨을 들이 마시고 내시기를 반복하면서 호흡에만 집중해요. 집안일을 하고 아이들을 돌보죠. 평일에는 아이들을 어린이집에 보내고 돌아와서 책을 읽거나 글을 써요. 가끔은 사람들도 만나고 나를 돌보는 시간에도 가져요. 아이가 하원하기 전까지 영어공부하고 세바시(세상을 바꾸는 시간 15분의 줄임말, '세바시'로 표기)대학 강의를 들어요.

2056년 쯤, 국민연금이 고갈된다고 예상해요. 심지어 적자와 고갈 시점이 모두 1년 씩 앞당겨졌어요. 노후에 걱정 없는 사람이 얼마나 있을까요? 부자는 원활한 현금 흐름을 가지고 있어요. 부동산 투자를 통해 얻은 임대수익이나 주식 배당금이 있죠. 책과 강의를 통해서 수익을 창출할 수도 있어요. 자동수익 파이프라인, 당신이 쉬거나 자는 동안에도 돈이 들어오는 구조를 만드는 거죠. 인스타그램에서 외제차를 타거나 해외로 여행가는 사람들을 쉽게 볼 수 있어요. 그런 반면에, 뉴스에서 하루하루 급급한 상황에 놓인 사람들도 많아요. 취업을 준비하는 사람들도 힘들다고 아우성이죠. 출산과 육아로 경력 단절된 엄마들도 걱정이 들어요.

저 또한 경력이 단절되고 다시 돌아갈 직장이 없었어요. 제가 통제할 수 있는 '오늘'을 살기로 마음먹었어요. 꿈을 이루기 위해서, 계획을 쪼개고 실행으로 옮겼어요. 지난 봄, 세바시대학에서 글쓰기와 말하기를 전공했어요. 그때, 전국적으로 코로나19에 감염된 환자수가 급증했던 시기죠. 저는 5살인 첫째와 13개월이던 딸을 가정 보육했어요. 아침 7~8시가 되면 둘째가 저를 깨워요. 간단하게 명상을 마치자마자, 집안일과 육아를 하다보면 두세 시간은 그냥 훅 지나가요. 정신없이 일주일정도 보내고 있는데 청천벽력 같은 소식을 들었어요. 남편에게 걸려온 전화.

"나 어떡하노? 며칠 동안, 목이 너무 아파서 잠 설쳤잖아. 방금 코로나 검사했는데 결과가 양성이네."

곧장, 집으로 돌아온 남편은 서재에 격리되었어요. 아이들과 저도 공부방과 최대한 떨어진 안방에서 생활했죠. 남편까지 돌보니까 하루가 더 짧게만 느껴졌어요. 혼자서 아이들을 놀아주고 저녁 식사를 챙겼어요. 장난기가 넘치는 아이들을 데려와서 씻기면, 어느새 저녁 여덟시에요. 서둘러 라이브로 진행되는 세바시대학교의 온라인 수업에 참여했어요. 핸드폰화면 앞에서 아기를 업고 서서 강의를 들었죠. 중간 중간에 둘째 기저귀도 갈고 분유도 먹이면서요. 아이들이 떠드는 소리 때문에 수업에 집중하기가 어려웠어요.

밤 열시가 훌쩍 넘어서야 아이들을 재웠죠. 집안을 정리하고 자정이 되어서야 한숨을 돌렸어요. 새벽에 혼자 있는 시간이 가장 기다려져요. 고요한 시간에 저는 독서하고 글을 썼어요. 어두컴컴한 방 안의 화장대, 화장실 문 앞 등 장소를 가리지 않고 책을 읽어야만 했죠. 침대 위에서 아기를 안고 공부하는 경우도 많았어요. 법륜스님의 말씀대로 공부 못 하게 만들면 더 하고 싶다더니. 얼마나 독서하는 것이 재밌는지 몰라요. 나중에는 누워서 전자책도 한 시간씩 읽었어요.

꿈을 이루고 기부하는 사람이 되겠다고 강력한 동기가 있으니 행동하는 사람이 되었죠. 첫 100일 동안, 시 110편, 경제 글쓰기 37편, 에세이 2편을 썼어요. 어떤 글을 쓸지 몰랐지만, 일단 현재 감정, 생각에 대해서 적었어요. 자신의 내면을 들여다보는 글쓰기를 하면 진정으로 자신이 원하는 미래가 선명하게 보여요.

노트에 직접 글을 적는 것을 선호해서요. 100일 동안, 검정색 볼펜 7개, 형광펜 7개를 사용했어요. 심리, 자기계발, 육아, 경제 등 다양한 분야의 책을 스무 권정도 읽었죠. 4개월 넘게, 하루 종일 집에서 아이들을 보면서도 이렇게 많은 일들을 해냈어요.

세바시 대학이나 온라인에서 진행하는 강의를 들으면서 바로 블로그에 수업내용을 정리했어요. 시간을 보다 효율적으로 쓰기 위한 나만의 방법이죠. 새벽에는 독서하거나 글을 써야하니까 시간을 압축해서 쓰려고 노력했어요. 수업이 끝나고 블로그에 올린 글을 학우들에게 공유했어요. 틈틈이 제가 공부한 내용을 다른 사람에게 공유했어요.

6월, 세바시대학에서 말하기와 글쓰기 전공을 모두 이수했어요. 세바시무대에 서서 스피치도 하고 세바시 북에 저의 글이 실렸어요. **'오늘'만 충실하면서 작은 성취들을 쌓아갔어요.**

지금 이 순간에도 과거에 잘못한 기억이 떠오르나요?

성공한 사람은 미래 지향적이에요. 현재에 집중하고 과거에 대한 후회, 미래에 대한 걱정은 하지 않아요. 더 이상 바꿀 수 없는 과거가 아닌 나의 의지로 만들 수 있는 '오늘'을 살아보세요. 작심삼일을 반복하던 저의 모습은 버리고, 반드시 마음먹은 것은 실천해요.

스스로를 응원하고 '오늘'만 살아요.

당신도 성공하는 하루를 보내요.

삶의 태도 6.

현재에 집중

1. 지나간 일로 후회한 경험이 있나요?

2. 원하는 미래의 모습을 구체적으로 적어보세요.

3. 원하는 미래의 '나'가 되기 위해서 당장 할 수 있는 일이
무엇인가요?

7. 꿈은 미루는 것이 아니라 꿈은 이루는 것이다

올해 봄, 퇴근하신 엄마가 저희 집으로 오셨어요. 온 가족이 모여서 저녁 식사를 마치고 엄마가 저를 부르셨어요. 아이들의 놀이방 바닥에 둘이서 마주 보고 앉았죠. 늘 그랬듯이, 큰 딸의 걱정으로 가득하신 엄마는 미간을 잔뜩 찌푸린 채로 말씀을 꺼내셨어요.

"요새 엄마가 무릎이 아프다. 일할 때야 정신이 팔려서 움직이니까 모르지. 마치고 오는 길에는 제대로 걷기도 힘들어. 의사는 무조건 쉬라고 하는데.."

짜증이 섞인 목소리로 제가.

"아니, 그 아프다는 소리 좀 하시지 마세요!! 긍정적으로 생각해도 일이 풀릴까 말까인데, 만날 그렇게 걱정만 하신다고 현실이 바뀌는 것도 아니잖아요!!!"

갑자기 언성이 높아진 제 말이 채 끝나기도 전에 엄마도 맞받아치시기를.

"엄마가 걱정 안 하게 제발 잘 좀 살아라!"

살짝 욱하는 감정을 뒤로 한 채 아무렇지 않은 척.

"저도 나름 열심히 잘 살고 있어요! 엄마만 항상 내를 못마땅하게 봐서 그렇지!"

말하다 보니 울컥한 제가 먼저 서둘러 자리를 박차고 나갔어요. 분명 서로를 위하는 마음에서 가볍게 시작한 대화는 툭하면 이렇게 감정이 격해진 채로 끝나기 일쑤였어요. 그날, 저는 누구한테 화가 난 것일까요. 나조차도 헷갈렸죠. 아이들을 재우고 혼자 책상에 앉아 있으니 그 대화들이 머릿속을 스쳐 지나갔어요. '나'의 속마음을 들여다보니 화가 난 이유가 분명하게 보였어요. 바로, '나 자신'에게 화가 난 것이죠. 무릎이 아프신데도 일하러 다니시는 엄마가 아니라. 그런 엄마에게 당당하게.

"제가 용돈을 드릴 테니까 일 다니시지 마세요."라고 말 못하는 저의 무능함을 견딜 수가 없었어요. '중학생의 나'에게 엄마께서 작가는 경험이 많아야 하는 직업이라고 지금은 때가 아니라고 했잖아요. 그때는 결단력과 열정이 부족했죠. 언젠가는 제가 작가가 될 거라고 막연하게 생각했어요. 꿈을 미룬 제가 대학진학도, 직업도 쉽게 포기하는 사람이었죠. 무엇이든 독하게 마무리 짓지 못 했어요. 이제는 작가로서 성공해야겠다고 마음먹고 노력하고 있어요.

그러나 엄마는 이번에도 꿈을 미루라고 하셨죠. 아직 아기가 어리니 나중에 더 키우고 나서 시작하라고 했어요. 이번에는 그때처럼 물러서지 않았어요. '삼십 대 중반의 나'의 의지는 확고했죠. 꿈을 이루는 데 나중은 없다는 것을 알았기 때문이에요. 지금이 그 타이밍이에요. 지난 봄, 온 가족이 코로나에 걸렸잖아요. 저도 콧물이 줄줄 흐르고 극심한 두통에 시달렸지만 혼자서 가족을 돌봤어요. 이번만큼은 도망가고 싶지 않았어요. 그렇게 끝까지 나와의 약속을 지켰어요.

코로나가 잠잠해진 4월, 둘째를 어린이집에 보내서 적응을 시켰어요. 지속적으로 글을 쓰기 위해서 주위에 도움을 요청하고 잠을 푹 자기 시작했어요. 앞으로도 그동안 겪은 좌절, 어려움 보다 더 큰 난관이 온다고 해도 이번에는 절대 물러서지 않을 것이에요. 이날이 머지않아 올 것이라고 믿고 오늘도 해야할 일들을 다 마쳤어요. 저의 옆에서 응원해주는 사람들이 함께하기에 행동하는 삶을 살고 있어요. '현재의 나'는 진정으로 내가 원하는 삶을 살면서 사랑하는 사람들과 최고의 것을 누리고 싶어요. 저는 노트북 앞에 앉아서 책을 쓰고 있죠.

'나는 할 수 있다.' '내가 원하는 것은 모두 이룰 수 있다.'

하루에도 긍정확언을 수십 번 외치고 다짐하죠. 때로는 지치고 잠시 쉬고 싶을 때도 나 스스로를 격려해요. 당신도 자신을 믿고 끊임없이 행동하세요. 세상에서 가장 나를 응원하고 사랑하는 사람은 나 자신이에요. 성공하는 하루가 쌓이다보면 자신에 대한 믿음이 올라가요. 작은 성공을 반복하니까 다음에도 잘할 수 있을 거라는 확신이 생기는 거죠. 얼마 전에, 첫째 아이와 롤러스케이트장에 갔어요. 아이는 보조 도구를 잡고 걸음마를 떼듯이 조금씩 이동했어요. 옆에서 제가 쌩쌩~ 달리자 아들이.

"엄마는 왜 그렇게 스케이트 잘 타?"

제가 그랬죠.

"어릴 때, 엄마는 이미 수천 번 넘게 땅바닥에 넘어져봐서 그래. 이제는 자신 있지."

인생도 롤러스케이트를 타는 것처럼 수많은 실패를 겪고 자신감이 생기는 거죠. 셀 수 없이 넘어져본 경험을 바탕으로 성공에 다가가는 겁니다. 꿈을 미루지 않고 꿈을 이루려는 사람이 자신에 대한 믿음이 생겨요. 인간은 생각하는 만큼 성공할 수 있어요. 더 크게 생각하고 더 많이 행동으로 옮겨요.

하나하나 실행하면 결국 원하는 것을 다 이룰 수 있다.

그것이 당신의 꿈을 가장 빨리 이루는 방법이다.

삶의 태도 7.

자신에 대한 믿음

1. 당장 이루고 싶은 꿈을 위해 하는 행동이 있나요?

2. 행동하는 사람이 되기 위해서 나만의 방법을 생각해 보세요.

3. 주위 사람들에게 당신의 꿈을 선언하세요.

8. 인생에도 예산이 있어요

인생에 있어서 사람들이 가장 스트레스 받는 이유.

돈, 건강, 인간관계

참, 신기한 것은 이 세 가지가 한꺼번에 무너지는 경우가 많아요. 전체적인 인생의 수레바퀴를 살펴보면, 어느 한 부분이 뛰어나다고 해서 좋은 걸까요? 다른 부분이 많이 부족하면, 한 사람의 인생은 흔들리고 있다는 증거죠. 위태로운 삶이 아닌 균형 있는 삶을 살기 위해서 우리의 인생에도 예산이 있다는 사실을 알아야 해요. 매달 한 가정에서 써야하는 예산이 있죠. 사람에게도 매일 쓸 수 있는 하루 24시간이 누구에게나 똑같이 주어져요. 시간과 돈을 어떻게 배분하여 효율적으로 사용할 것인지 당신의 '선택'에 달려있어요.

스가와라 게이의 책<부자들의 인간관계>에서 시간관리가 안 되는 사람의 특징이 나와요. 그 중에서 '바쁘다는 말을 달고 산다.'라는 말을 자주하는 사람을 언급하는 부분이 제일 뜨끔했어요. 최근에 지인들이 만나자고 하면 빨리 책을 써야한다는 압박감에 저 말을 자주했기 때문이죠. 앞으로 시간 관리를 더욱 더 철저하게 해서 마음에 여유를 가져야겠다고 다짐했어요. 평소에 시간을 어떻게 활용하는지를 점검하기로 했어요. 인생을 크게 돈, 건강, 인간관계 순으로 차례대로 살펴볼게요.

"이것은 지출인가? 투자인가?"

지금 쓰는 돈이 단순한 지출인지 아니면 투자인지 자신에게 끊임없이 물어봤어요. 둘째를 출산하고 공허한 마음에 사이즈도 안 맞는 옷을 계속 샀어요. 제 시점은 계속 과거의 날씬한 모습에 머물러 있었어요. 옷장에 당장 입지도 못하는 옷으로 채운다고해서 자존감이 올라가지 않잖아요. 그때는 아기를 재우고 습관처럼 온라인 쇼핑을 했어요. 적은 금액이라도 뭐라도 주문하고 잠들었어요. 이러한 소비패턴이 전형적인 불필요한 지출이죠.

그런 반면에, 첫째 아이 4살, 둘째 11개월 때부터 독서하고 글쓰기 시작했어요. 저는 종종 전자책도 보지만, 보통 종이책을 사서 밑줄 치면서 읽는 것을 선호해요.

올해 2월부터 세바시대학에 다니기 시작했어요. 현재는 도서 구입비나 강의를 듣는 것에 투자하는 현명한 소비를 하고 있어요. 원하는 꿈을 이루기 위해서 쇼핑을 끊고 자기계발 하는데 돈을 썼어요.

부자가 되기 위해서 돈을 얼마나 잘 버느냐가 아니라 돈을 어떻게 잘 쓰느냐가 중요하죠. 적은 돈도 관리하는 절제력이 있어야 큰돈을 굴리는 부자가 될 수 있어요.

두 번째, 건강관리는 어떻게 하고 있나요? 첫째를 출산하고 몇 달을 폐렴에 걸렸어요. 방에서 아기를 재우면서 같이 잤는데 수시로 기침이 터져 나왔어요. 거실로 잠시 나가서 기침하고 눕기를 수십 번 반복하다가 잠들기 일쑤였어요. 어디를 가도 탁한 기침소리 때문에 사람들이 쳐다봤어요. 결국, 의사의 권유로 돌이 지난 아기를 어린이집에 보냈어요. 반년 가까이 저를 괴롭히던 폐렴이 이틀 만에 완치되었죠. 그때 저는 솔직히 평생 폐렴을 달고 사는 것은 아닌지 두려웠어요. 단, 이틀만 혼자서 푹 쉬어도 이렇게 쉽게 낫는다니 신기했어요.

아기 엄마들에게 절대적으로 필요한 것은 '휴식'이예요. 특히 엄마는 건강해야 해요. 물론 어린 아이를 돌보다 보면 나만의 시간을 가지는 것이 어렵죠. 누구보다도 잘 압니다. 의도적으로 자투리 시간을 모았어요. 틈틈이 스트레칭을 하거나 유모차를 끌고 산책 나갔어요. 잠시라도 시간을 내서 명상도 해요. 오직 호흡에 집중하면서 에너지를 채우면 피로가 풀려요. 자신을 돌보는 행동이 삶의 질을 좌우해요. 건강을 관리하는 엄마가 가족을 더 세심하게 챙길 수가 있어요.

마지막으로 인간관계가 스트레스에 가장 큰 영향을 끼친다고 해요. 부자들은 자신과 맞는 사람을 직관적으로 잘 알아보기 때문에 인간관계에 대한 스트레스가 없어요. 누군가의 감정 쓰레기통이 당신이 될 필요가 없어요. 어쩔 수 없이 싫은 사람과 계속 부딪혀야 한다면, 저는 그 사람의 장점을 배우려고 했어요.

전 세계적인 사랑을 받고 있는 패션브랜드를 만든 코코 샤넬의 이야기를 잠시 해볼게요. 코코 샤넬은 가난하고 정규 교육을 받지 않았지만 만나는 사람마다 장점을 자기 것으로 만들었어요. 모든 사람들에게 배울 점을 다 흡수하였기 때문에 패션을 바꾸는 사람이 되었던 거죠. 인생의 터닝 포인트에 나타나는 것은 바로 새로운 사람과 장소에요.

"새로운 사람을 만나면 새로운 가능성이 열리기 때문이다. 인생의 새로운 문을 여는 것은 대부분 새로운 만남에서 온다는 것을 잊어서는 안 된다."

책 <부자들의 인간관계>

당신에게 주어진 예산이 한정적이기 때문에 돈, 건강, 인간관계를 잘 관리해요. 성공하는 삶을 살기 위해서는 전략이 필요하죠. 자신의 강점을 활용해서 현재 상황을 변화시켜요. 부족한 부분은 간절함을 이용해서 엄청난 행동의 양을 이끌어 내는 거죠.

당신은 이미 가지고 있는 것에도 감사함을 느껴야 해요. 당신에게 부와 운을 끌어당기는 긍정적인 파동이 계속해서 이어져 나가거든요. 사람은 웃어야 복이 온다는 말을 믿고 실천해야 해요. 과학적으로 웃고 긍정적으로 생각하는 사람들에게 운이 좋다는 증거도 있어요.

행동하는 삶을 살기 위해서 두 가지를 기억해요. 현재의 삶에 감사하고 부와 운을 끌어당기기. 두 번째, 엄청나게 행동하는 사람이 되어서 오늘보다 내일 더 발전하는 삶을 사는 거예요. 이것은 당신이 반드시 지켜야하는 기본적인 삶의 태도에요.

저도 사랑하는 가족, 부모님과 함께 최고의 것을 누리기 위해서 움직이고 있어요. 그저 감사하고 사랑하고 행동하세요. 당신이 원하는 모든 것을 가질 수 있어요. 머지않아 당신이 꿈꾸는 결과가 눈앞에 곧 나타날 거예요.

우리는 모두 마음만 먹으면 할 수 있다.
우리는 생각하는 만큼 성공할 수 있다.

삶의 태도 8.
행동하는 삶

1. 현재의 삶에 감사하는 이유 3가지를 적어보세요.

2. 인생에서 가장 개선하고 싶은 부분은 무엇인가요?

(건강, 인간관계, 재정상태, 직업, 결혼/연애 등)

3. 발전된 삶을 위해서 액션 플랜 한 가지를 실천해 보세요.

Chapter2.

그것이 알고 싶다.

성공일지를 쓰고 일어난 변화

<당신의 인생이 터닝 포인트라는 증거>

1. 자기 확신이 생기는 데 걸리는 시간

당신은 스스로가 성공할 거라는 강한 믿음이 있나요?

성공한 삶을 살기 위해서, 우리는 목표를 달성할 때까지 끊임없이 시도해야 하죠. 이 과정에서 누군가는 수없이 실패하더라도 언젠가는 자신이 성공할 것이라고 확신해요. 자신을 믿어야 꾸준하게 성장하고 나아갈 수 있어요. 어떤 역경이 닥쳐와도 이겨내고 원하는 바를 반드시 성취하는 사람이 있어요. '자기 확신'은 성공하는 데 필수요소에요. 이러한 '자기 확신'이 생기는 데 얼마나 걸릴까요? 저의 경험을 공유해볼게요.

제가 가장 오래 지키고 있는 습관 중 하나가 확언이에요. 켈리 최 회장님 유튜브에서 진행한 끈기 프로젝트_동기부여 모닝콜 편도 100일 완주했어요. 이 프로젝트는 새벽 6시에 라이브로 동기부여 동영상이 하나 올라와요. 전 세계적으로 성공한 사람들의 편집된 짧은 인터뷰 영상이 나와요. 그 다음에 '오늘의 문장'을 한글로 다섯 번, 영어로 다섯 번 따라 말하면서 총 열 문장을 노트에 적어요. 마지막으로 적은 문장을 사진 찍어서 인스타그램에 인증했어요. 지금은 프로젝트가 끝났고 동영상이 올라와있으니 개인적으로 진행해도 된답니다. 이때 코로나가 심해져서 아이들을 하루 종일 집에서 돌봤어요. 보통 혼자 화장대에서 새벽 다섯 시까지 책을 읽거나 글을 썼어요.

이날은 잊을 수가 없어요. 아침 8시쯤, 둘째가 세 시간도 채 못 잔 저를 깨워요. 새벽 6시에 진행하는 라이브 동기부여 모닝콜에 참여 못했지만요. 저는 일어나자마자 아기를 업고 동기부여 영상을 보면서 문장을 써요. 그날따라, 아기가 심하게 칭얼거렸어요. 10분 정도 짧은 영상을 3~10초만 보고 끊고 다시 보기를 수없이 반복했죠. 문장을 쓸 때도 단어가 아닌 자음 하나, 모음 하나 쓰고 아기를 돌보고 다시 썼어요. 그날은 정확하게 기억해요. 오늘의 문장을 열 번 쓰는 데, 무려 한 시간 사십 분 만에 인증했어요. 한 번 시작한 확언을 끝까지 하고 말겠다는 집념이 있었기에 가능했죠. **자신이 해야겠다고 마음먹은 것은 반드시 해내는 과정이 쌓일수록 자기 확신이 강하게 생기죠.** 하루는 이런 생각이 들었어요.

'우와, 이번에는 내 인생이 진짜 변하겠구나. 지금이 그 타이밍인 것 같아. 그래! 이대로만 계속 한번 해보자. 나는 무조건 성공할거야.'

작은 성공을 이루다보면 자신에 대한 신뢰도가 높아졌어요. 처음 책 <웰씽킹>을 읽고 변하기 시작한지 두 달 만에 자기 확신이 강하게 들었어요.

"하루에 사람이 24시간 중에 20시간을 움직일 수 있을까요?"

"네, 있어요."

간절한 목표가 생기면 에너지가 계속 생기더라고요. 아기를 업고 첫째 아이를 돌보면서도 2시간 넘게 강의를 들었어요. 아이들을 재우고 새벽에는 화장대에 앉아서 리포트를 썼어요. 책을 읽고 무작정 글을 썼어요. 새벽 4~5시가 되면 잠자리에 누웠어요. 그 사이사이에 아기가 깨면 안으면서 공부했어요. 그마저도 허락 안 되면 핸드폰 불빛으로 침대에 앉아서 독서하고 글을 썼어요. 안 피곤하냐고요? 네. 오히려 행복했어요. 시간이 어떻게 가는지도 모르고 매순간에 열중했어요.

아이들을 돌보다 보면 예상 밖의 상황에 자주 부딪히게 돼요. 아이가 갑자기 토하거나 설사할 때가 있죠. 어느 날, 첫째가 저녁 식사하면서 한 시간 동안 설사를 여덟 번했어요. 아직 첫째도 어려서 뒤처리를 도와준다고 계속 자리를 비웠어요. 혼자 남겨진 19개월 아기가 밥을 손으로 막 집어 먹었어요. 식탁을 정리하고 아이 둘을 씻겼죠. 밤 열한시에나 아이들을 재우고 겨우 책상에 앉았어요. 십분도 채 지나지 않아서 둘째가 울면서 깼어요. 저는 어쩔 수 없이 아기에게 다시 갔어요.

이번에는 심하게 울어대는 둘째를 안아서 토닥였어요. 그런데 갑자기 아기가 제 옷에 토를 했어요. 아까 딸아이가 제멋대로 음식을 먹어서 그만 체하고 말았던 거죠. 그날, 일곱 번이나 딸이 토해서 이불 여섯 개, 옷만 열세 개나 배렸어요. 한 순간에 빨랫감이 산더미처럼 쌓였고, 새벽 세시에 이르러서야 아기를 다시 재웠죠. 그러고 나서도 저는 잠자러 가지 않았어요. 오늘 해야 할 것이 남아있으면 다 마치고 잤어요.

물론, 저도 사람인지라 이런 생활을 계속 하다보면, 한 번씩 몸에 무리가 크게 왔어요. 그때 다시 생활 패턴을 재정비해요. 만약 자신의 한계를 느낀다면 "혹시 저를 도와주시겠어요?"라고 말해보세요. 적극적으로 주변 사람에게 도움을 요청해야 해요. 솔직하게 말하고 협력하는 사람이 오히려 더 뛰어난 성과를 내요. 우리는 성공하는 과정에서 수없이 역경에 부딪히게 되죠. 당신이 아무리 열정이 넘쳐도 무엇이든 다 혼자 짊어질 수 없어요. 뜻밖의 상황 에 유연하게 대처하는 자세가 필요해요.

'나는 한다면 하는 사람이다.'

이러한 굳은 신념이 제대로 박혀있으면 성장을 지속하게 하는 힘이 생겨요. 자기 확신이 있는 사람이 꾸준한 열정을 가지게 되고 결국 성공할 수 있죠. 당신에게도 강한 자기 확신이 생기도록 원하는 일을 찾아서 미친 듯이 노력해보세요. 한 가지에 몰입하다보면 잠이 오는 줄도 모르고 하게 되더라고요. 또한 집념이 생겨서 무슨 일이든 끝까지 마무리 짓게 되죠. 자기 확신이 생기는 것은 그냥 될 때까지 노력해야 해요.

저는 책상에 앉으면 작업하는 곳을 사진 찍고 인스타그램에 '작업 시작, 그냥 하자, 무조건 하자.'라는 짧은 글귀를 적어서 올려요. 당신은 한 가지에 몰입해서 밤새는 줄 모르고 집중해야 해요. 제가 아팠던 돌아기를 새벽에 돌보면서 책 읽고 글 쓰면서 자신에 대한 믿음을 쌓아갔어요. 매일 작은 성공을 하니까 결단하고 행동한지 두 달 만에 자기 확신이 생긴 것이 아닐까요?

당신의 인생이 터닝 포인트라는 증거 1.
자기 확신

1. 최근에 삶에 큰 변화가 있었나요?

2. 자기 확신이 생기도록 당장 몰입할 수 있는 행동은?

3. 매일 지키고 있는 습관이 무엇인가요?

2. 왜 진짜 좋아하는 일을 해야 할까요?

"사람은 좋아하는 일을 해야 할까? 잘하는 일을 해야 할까?"

누구나 한 번쯤은 고민해 봤을 문제가 있죠. 한때 저도 이 질문에 대한 답이 궁금했어요. 결론부터 말하면, 사람은 잘하는 일 보다는 좋아하는 일을 해야 해요. 그렇게 해야만, 장기적으로 당신의 초인적인 에너지를 발휘할 수가 있어요. 성공한 사람과 평범한 사람의 차이점은 몰입의 정도에요. **성공한 사람은 포기하지 않고 끝까지 몰입해서 뛰어난 성과를 이루어요. 또한 그들은 끊임없이 할 일을 찾아서 행동해요.** 그런 반면에, 평범한 사람은 주어진 일만 겨우 해낼 뿐이죠. 더 심각한 경우는 의무마저도 제대로 완수하지 않는 사람들도 있어요.

좋아하는 일을 해야 이렇게 초인적인 에너지가 나온다는 말을 실감했죠. 어릴 때부터 잠이 많은 편이고, 한 번 자면 누가 업어 가도 모를 정도로 푹 자는 스타일이었어요. 그러던 제가 하루에 두세 시간씩 쪽잠을 자면서 틈틈이 공부했어요. 아이 둘을 가정보육하면서도 하루에 두세 시간씩 독서하고 하루 최대 28가지 성공습관을 지켰죠. 아이들을 재우면서 밤 열시에 자서 새벽 한시에 벌떡 일어나서 화장대에 앉았어요. 그런데도 잠이 하나도 안 와요. 잠이 올 때 자는 것이 아니라 할 수 있을 때 그냥 무조건 행동했어요. 오히려 어떻게 하면 시간을 효율적으로 쓸지 연구했어요.

'집안일을 빨리 끝낼 수 있는 방법은 무엇이 있을까?'

아기 엄마는 꿈을 이루려면 상황에 따라서 멀티플레이가 할 수밖에 없어요. 하루 종일 아기와 붙어서 돌봐야하니 여러 가지 일을 동시에 하지 않으면 시간이 확보가 어렵거든요. 틈틈이 집안일하면서 영어 회화 강의를 들었어요. 지인과 산책하면서 세바시 스피치를 연습하기도 했어요. 자투리 시간을 오직 나를 위해서 활용했어요. 따로 한 두 시간을 정해서 독서하는 것이 아니에요. 무작정 전자책이든 종이책이든 틈나는 대로 5, 10분씩 읽었어요. 그 시간이 쌓이다 보면, 그날 성공일지를 보면 하루 5~6시간씩 자기계발에 투자했더라고요. 이 성공일지를 공유하니까 사람들이 응원해줘요.

"아이 둘이나 키우시는데 와.. 진짜 멋져요! 저도 본받고 더 열심히 살아야겠어요!"

"글과 경험을 공유해 주시는 것만으로도 긍정적인 힘을 얻습니다!! 생각하기 나름 무조건 실천이 중요한 것 같아요. 멋있습니다! 저도 좋은 기운 받아서 다시 힘내볼게요. 감사합니다."

저의 게시물에 달린 댓글의 내용이에요. 둘째를 출산하고 가장 필요한 것이 성취감, 타인의 인정이었거든요. 사람들에게 격려의 말을 들으니까 저도 더 열심히 움직이게 되더라고요.

사람은 좋아하는 일을 하다 보면 그 분야에서 최고의 수준으로 올라가고 싶죠. 그래서 당신은 끊임없는 노력을 하게 되죠. 진정으로 좋아하는 것에 열중하다 보면 자연스럽게 내가 잘하는 일이 되는 거죠! **좋아하는 일을 잘하는 일로 만드는 방법은 당신의 실력을 갈고 닦는 것이에요.**

자기가 좋아하는 일을 어떻게 찾을 수 있을까요?

연령대별로 찾는 방법이 달라요. 원하는 일이 무엇인지 알고 싶다면 다양한 경험이 필요하죠. 현실적으로 20대 까지는 시간적인 여유가 있으니까 이 방법이 가능하죠. 예를 들어 아르바이트를 하거나 취미, 여행으로 알아보는 거죠. 만약 30~40대 이상 주부라면, 제과 제빵, 요리, 운동 등 여러 가지를 배우면서 자신의 적성을 찾아보세요. 누구나 어릴 때부터 좋아하거나 잘했던 것이 분명히 있어요.

어렸을 때 당신이 어떤 일을 할 때 시간이 가는 줄 모르고 집중했나요? 혹은 친구들이나 선생님들에게 유독 잘 한다고 칭찬을 들은 경험을 떠올려 보세요. 최근에 주로 찾아보는 키워드를 통해 당신의 관심사를 알아봐요. 만약에 특별하게 떠오르는 것이 없다면, 혼자 조용히 앉아서 자신에 대해서 글을 써보는 거죠. 글쓰기 실력이 단련되어있다면, <아티스트 웨이>를 읽고 모닝페이지를 실천해 보세요.(4장 6번에 자세한 설명 나와요.) 제가 결단하고 썼던 <꿈 이루는 글쓰기 주제>를 공유해요.

첫 번째, 당신이 원하는 모습, 살고 싶은 집, 가지고 싶은 차 등 구체적으로 적어요. 이미 꿈을 성취했다고 굳게 믿고 상상해 봐요. 두 번째, 자신의 강점을 쭉 나열해보세요. 성공하기 위해서 강점을 활용하는 것이 중요해요. 강점에 집중하면 당신이 앞으로 어떤 방향으로 나아갈지 보여요. 마지막으로 최종목표를 딱 한 문장으로 명확하게 써요. 목표를 달성하기 위해 당장 할 수 있는 행동목록으로 정리해요. 핵심은 액션 플랜을 실천해야 하므로 실현 가능한 것이어야 해요. 꿈은 크게, 행동 방안은 세분화해서 실천하는 것이죠.

좋아하는 일을 찾아가는 지인 얘기를 잠시 해볼게요. 언니는 결혼하기 전에 손수건 디자인을 했어요. 둘째를 어린이 집에 보내고 한두 달은 푹 자고 쉬었대요. 저를 만나고 지켜보니까 이해가 잘 안 되고 의아했대요. 또래 아기를 키우는 엄마인데 밤새 글 쓰고 꿈을 이루겠다고 하니까요. 제가 어디서 저런 에너지가 나올까 궁금해졌대요. 하루는 집에 저를 초대해서 깊은 대화를 나눴어요. 언니에게 필요한 책과 수익화 파이프라인에 대해서 알려줬어요. 그 이후, 언니는 이모티콘도 그려보고 대학교 전공과 관련해서 실크스크린 자격증도 땄어요.

저를 보고 주위에 변하는 사람이 하나 둘 생기니까 뿌듯하더라고요. 혹시 남편이나 주변 사람을 변화시키고 싶다면, 먼저 자신이 바뀌어야 해요. 아이들도 잔소리하면 말을 더 안 듣잖아요. 어른은 자기만의 주관이 이미 뚜렷하게 자리 잡고 있어서 조언이 쉽게 받아들이지 않아요.

누구에게 조언하기 전에 직접 보여주세요.

당신의 눈부신 발전과 성공을.

당신의 인생이 터닝 포인트라는 증거 2,
좋아하는 일에 몰입

1. 당신이 좋아하는 일이 무엇인가요?

2. 좋아하는 일을 잘하려고 어떤 노력을 해야 할까요?

3. 한 분야에서 최고가 되기 위해서 3년 후의 목표를 적어보
세요.

3. 그토록 듣고 싶었던 말, 말, 말

혹시 다른 사람에게 듣고 싶은 인정의 말이 있나요?

일 년 동안, 제가 매일 올린 작은 성과, 칭찬, 댓글 등을 기록했어요. 자기 전에 그것을 인스타그램에 공유하고 잤어요. 한 달도 채 안 지나서 사람들에게 인정을 받기 시작했죠. 공통적으로 들었던 말이 **"존경합니다. 감탄합니다. 대단합니다."**에요. 그때 기준으로 불과 2개월 전까지만 해도 집에서 아기를 돌보면서 집안일하는 주부였어요. 작가라는 꿈을 이뤄야겠다고 결심하고 행동한 지 80일 만에 '감탄한다는 말'을 들었어요.

신기하지 않나요? 단 시간에 사람이 이렇게 바뀐다고요? 처음에는 그 말을 여러 명에게 들으니까 믿기지 않았어요. 제가 서장훈과 김연아의 팬이거든요. 두 분은 엄청난 노력으로 한 분야의 정점을 찍으셨던 분들이잖아요. 우리는 뛰어난 성과를 만든 사람에게 감탄한다는 말을 하죠. 문득 그런 생각이 들었어요.

'내가 어떻게 행동하면 한 분야의 최고가 될 수 있을까?'

저를 찾을 수밖에 없는 능력을 가진 존재로 만들기로 했어요. 지도에는 발견된 길만 나오지만 이 순간 어딘가에 새로운 길을 만들어가는 사람도 있을 거예요. 바로 우리가 그런 사람이 되어보는 거죠.

제가 왜 그렇게 감탄한다는 말이 듣고 싶었을까요? 저를 움직이게 하는 것이 칭찬이더라고요. 그런데 또 칭찬이라고 다 같은 칭찬이 아니에요. 겉치레로 건네는 칭찬 말고 진심과 애정이 담긴 칭찬을 들을 때 그 사람에게 마음이 열려요. 이러한 칭찬의 다른 의미는 타인의 인정을 받는 느낌을 주죠. 그래서 진심어린 칭찬을 들으면 누구나 기분이 좋아져요. 그렇다면 당신이 감탄한다는 말을 듣기 위해서 어떻게 하면 될까요.

나만이 만들 수 있는 좋은 콘텐츠를 만들어야 해요. 빨리 변화하는 현대 사회에서 우리는 뭐든지 계속 새롭게 잘 만들어야 고객이 우리를 찾아요. 한 마디로 시장에서 대체될 수 없는 사람이 되어야겠죠. 저의 인스타그램 아이디가 brand.j_olivia에요.

* brand – 나 자체가 브랜드

* j – 저의 한국 이름 성의 이니셜

* olivia – 저의 영어 이름

저의 이름만 들어도 아~ 하는 작가 및 강연 분야에서 파워 브랜드가 되겠다는 각오를 담아서 지은 것이에요. 나 자체가 명함이 되고 롱런하는 작가가 되고 싶어요. 전 제일기획 부사장, 현재 최인아 책방을 운영하시는 최인아 작가님이 강의에서 하신 말씀이 가슴에 와 닿아서 소개할게요.

"과연 노력한다고 내가 될까? 누구에게나 눈에 보이지 않는 성과로 불안하거나 회의감이 들 수 있다. 이러한 시기를 불확실성의 구간이라고 하자. 그때가 단단한 소수를 걸러내는 우주의 테스트 구간이라고 생각한다."

저는 이 강의를 듣고 다짐했어요. 당장 눈으로 확인할 수 없는 결과에 흔들리지 않아야겠다고. 간절한 마음과 끈기를 가지고 불확실성의 구간에서 살아남아야겠다고. 당신도 파워 브랜드가 되겠다고 결단하고 실력을 쌓아요.

'나는 어떤 브랜드인가? 내가 줄 수 있는 가치가 무엇인가?' 스스로에게 질문하고 대답을 찾는 과정을 거쳐야 해요. 우리는 지속 가능한 성장을 하도록 끊임없이 배워야 하죠. 브랜드는 장기전이니까 자신에 대한 확신을 가지고 끝까지 나아가면 반드시 원하는 삶을 이루실 거예요.

타인의 인정을 받기 위해서 나 자신과의 약속을 존중해야겠죠. 우리는 다른 사람과의 약속은 중요하게 생각하고 약속 시간을 지키려고 노력하잖아요. 하지만 '과거의 저'는 그날 해야 할일을 다 마치지 않고 잠자리에 드는 경우는 많았어요. 그렇게 나 스스로 한 다짐을 자꾸 어기게 되니까 자신에 대한 신뢰도가 낮아졌어요.

무엇보다 자신과의 약속을 소중하게 여겨야 해요. 무슨 일이 생겨도 잠자기 전에 할 일을 마무리한다면 자신감이 생겨요. 곧 성과가 나타나서 당신도 더 열심히 하게 되고 타인의 인정은 자연스럽게 따라오는 거죠.

"재능보다는 태도가 더 중요하다."

제가 일 년 동안 성장하면서 가장 공감하는 말이죠. 사람들이 각자 타고난 재능보다 어떤 태도를 가지느냐가 중요해요. 당신이 가진 자세에 따라서 주어지는 기회가 달라져요. 상황을 바라보는 당신의 관점에 따라 똑같은 환경에서도 사람마다 다른 선택을 해요. 사람들에게 어떻게 그 많은 성공습관들을 지속할 수 있냐는 질문을 자주 받았어요.

첫 번째, 매순간 간절하게 이루고 싶은 꿈이 무엇인지 명확하게 인식하고 있어요. 그 다음, 무조건 행동하세요. 그냥 하세요. 바로 하세요.

'내가 진짜 이 많은 것들을 다 할 수 있을까? 지금도 하고 있는 일이 이렇게 많은데. 아이들도 돌봐야 하는데..'

이런 생각들로 망설이고 걱정만 할 시간에 그냥 글을 썼어요. 아니면 강의를 찾아 듣거나 끌리는 책을 읽었어요. 제가 실천한지 한 달도 안 되었을 때, 꿈을 이루는 방법이 보였어요. 신기하게도 꿈을 이루는 데 도움 되는 사람들이 나타나요. 온 우주가 나를 성공하도록 만들어주는 느낌이 들어요. 그러니까 매일 목표에 집중하시고 실천해요. 당신도 감탄한다는 말을 들을 수 있어요. 자신에게 맞는 환경으로 바꾸고 지속적으로 행동을 늘리니깐 사람들의 인정을 받아요.

한 번 사는 인생,

한 분야에서 최고가 되어보는 것이 얼마나 멋진가요?

당신의 인생이 터닝 포인트라는 증거 3.
타인의 인정

1. 누구에게 감탄하다는 말을 해본 적 있나요?

   감탄한 이유가 무엇인가요?

2. 타인에게 듣고 싶은 인정의 말은 무엇인가요?

3. 당신이 오늘 할 수 있는 최대치의 노력은?

4. 꿈을 도와주는 사람들이 나타나요

준비된 자는 하늘이 돕는다.

2022.08.05. 이날은 저 말을 몸소 실감한 날이에요. 온라인 커뮤니티를 통해서 알게 된 지인옥 작가님을 만나게 된 날이거든요. 7월, 책을 기획하고 쓰기 시작하면서 궁금한 점이 많았어요. 혼자 글쓰기 책을 보고 목차를 작성했는데 방향을 제대로 잡은 건지 막막했어요. 작가님에게 상의 드리고 싶은 부분이 있어서 아침 일찍 연락했어요. 때마침 동탄에 살고계신 작가님이 여행 중이시라고 하셨어요. 통영에 계셨던 작가님이 저를 보러 부산으로 오신다는 거예요. 순간, 그 사실이 믿기지 않고

놀랐어요. 온라인상으로 상담이라도 받고 싶었는데 직접 만나게 되다니 진심으로 기뻤죠.

그날, 저는 이 책의 초안을 쓰고 다시 고쳐 쓰기를 반복한다고 밤을 샜어요. 바로 새벽 다섯 시 삼십분에 부동산공부 독서모임 4차 모임에 참가했어요. 온라인 화상회의로 각자 미리 읽은 책에서 적용할 부분을 2시간 30분 동안 공유했어요. 아침 8시가 되어 아이들의 등원을 준비하면서 비몽사몽이었어요. 그런데 머릿속은 온통 책 쓰기에 관한 생각으로 가득 차있었죠. 그러다가 갑자기 정신이 번쩍 들더라고요. 저도 모르게 평소에 계속 뵙고 싶던 지인옥 작가님에게 연락하게 되었죠. 그렇게 운명적으로 작가님을 만나게 되었어요.

아이들이 하원하기 전에 작가님과 보내는 시간은 한정적이었어요. 그동안 궁금했던 부분들을 물어보기 위해서 동네 카페로 갔어요. 미리 써온 목차에 관해서 많은 질문을 했는데 지 작가님이 하나하나 친절하게 알려주셨어요. 가장 좋았던 점은 작가님과 직접 눈을 마주치고 대화를 나눈 거였어요. 또 저에게 따뜻한 시선과 함께 힘이 되는 말씀을 해주셨어요.

"조급해 하지 말고 천천히 가요. 소정 씨는 크게 될 사람이에요."

며칠 전, 안 그래도 지인옥 작가님에게 지인이 전화가 왔대요. 지 작가님에게 어울리는 사람이 있다고, 저를 연결해주고 싶다고 하셨대요. 사람의 인연이라는 것이 참 신기하더라고요. 그날 작가님과 뜻밖의 만남덕분에 이 책이 세상에 나올 수 있었어요. 9월, 책을 쓰면서 지인옥 작가님이 운영하시는 힐링홈 전자책 과정에도 참여하게 되었어요. 동시에 두 권을 쓰면서 몸은 힘들었지만 전자책 <성공하는 하루를 보내는 15가지 습관>을 냈어요. 얼마 전, 열린 출간기념회에서 지 작가님은 저에게 사회를 볼 기회도 주셨어요. 우연히 연락했다가 이렇게 깊은 인연이 될 수 있으니 당신도 적극적으로 귀인에게 다가가세요.

또 다른 소중한 인연 '복운의 여신님'을 소개할게요. 최고의 인간관계는 서로가 공명하는 관계라는 말이 있어요. 어학사전에서 공명을 찾아보면 '남의 사상이나 감정, 행동 따위에 공감하여 자기도 그와 같이 따르려 함.'이라는 뜻이죠. 각자 본 책과 강의에 대해서 대화를 나누는 사이에요.

그녀는 세바시 대학 3기 말하기 전공에서 만났어요. 당시 제 둘째 아기는 13개월이었고, 언니의 아기는 6개월이었어요. 우리는 라이브로 진행되는 온라인수업에서 잘 보지 못했죠. 둘 다 과정을 이수하고, 6월에 올라간 세바시 스피치 무대에서 만났어요. 그녀의 전문적인 모습에 한 번 놀라고 뛰어난 강의 실력에 두 번 놀랐어요. 나중에 알고 보니까 언니는 이미 수 천 회 이상 강의를 한 프로강사였어요.

언니와 친해진 계기는 저의 작은 관심이었어요. 학기가 끝난 후, 저는 세바시 대학에서 학습조력자- FT(Facilitator)제안을 받았어요. 언니에게도 FT를 하는지, 4기에도 다닐 건지 등 물어봤어요. 한 번의 연락으로 인해서 언니에게 저의 진심이 닿아서 인연이 되었어요. 세바시대학 4기가 시작되고 제가 운영하는 글쓰기 전공 수요클럽에서 다시 만났어요. 그녀는 제가 가장 인기 많을 줄 알았다고 하면서 제일 먼저 클럽에 들어왔죠. 주1회 진행되는 글쓰기클럽 모임에 언니는 4달 동안 매번 참석했어요. 조언들의 이야기도 잘 들어주는 분위기 메이커였죠.

개인적으로 강의준비하면서 궁금한 것을 물어보면 언니는 친절하게 조언해줬어요. 예를 들어, 좋은 이미지를 만드는 방법, 강사 프로필 사진을 어떻게 찍는 지, 인간관계와 관련해서 멘탈 관리 등 의미 있는 대화를 나눴어요. 아기 성장과정도 공유하면서 정서적으로 의지되는 부분이 커요. 언니는 세심하게 제 컨디션을 챙겨줘요. 진정으로 서로를 응원하고 도움 되는 관계가 마음이 통하는 사이에요. 언니와 소통하는 시간이 혼자서 작업하는 저에게 큰 힘이 되죠.

인생에 터닝 포인트가 찾아오면 주변의 사람이 바뀌잖아요. 새로운 사람이 오면서 그 사람의 인생도 함께 오거든요. 행동하는 사람이 된 이후, 저의 성장을 이끌어 주는 좋은 사람들과 함께하게 되었죠. 올해 귀한 인연을 여러 번 맺으면서 두 가지를 깨달았어요. **첫 번째, 귀인을 만나기 전에 우리는 미리 준비된 자가 되어야 하죠. 두 번째, 평소 다른 사람에게 작은 관심을 기울이는 행동이 새로운 인연을 만마는 기회를 가져다 줘요.**

혹시, 엔젤 넘버에 대해서 알고 있나요? 엔젤 넘버는 연속적인 숫자가 행운의 전조현상으로 여겨져요. 하루를 보내다가 1시 11분, 2시 22분, 3시 33분 이런 시간을 우연히 본 적 있죠? 그럴 때는 '우와, 행운의 숫자다! 좋은 일이 생길거야. 나는 잘 될 거야!' 긍정적으로 생각하고, 일상에서 해야 할 일을 묵묵하게 하면 돼요. 실제로 새벽에 글 쓸 때. 매 시간마다 엔젤 넘버를 보게 된 경우가 있어요. 괜히 설레고 감사한 마음에 더 열심히 하게 되더라고요. 얼마 전, 제 인스타그램에 쓴 글을 가져왔어요.

<기적입니다!! 오늘 11월 11일, 오전 11시 11분에 지인옥 작가님에게 전화가 왔었어요. 밤에 읽은 책에서 귀인에 관한 부분을 읽고 가슴에 와 닿았어요. 끈기프로젝트_독서 편에 인증할 때, 작가님과의 인연을 언급했는데요. 그 시간이 밤 11시 11분이었어요. 우연히, 알게 된 사실이라 더 놀라워요.>

엔젤 넘버를 아나요? 제가 최근에 자주 보는 행운의 숫자에요. 마침 제가 퍼스널 브랜딩하기 위해서 인스타그램을 개설한 날이 1월 11일에요. 신기하지 않나요? 앞으로 제가 왠지 더 잘 될 것 같다는 생각이 들고 기뻤어요. 이 행운을 당신께 나눠드려요.

당신도 귀인을 만나서 원하는 바를 곧 이루기를 바랍니다.

당신의 인생이 터닝 포인트라는 증거 4.
귀인

1. 꿈을 도와주는 사람이 지금 주위에 있는가?

2. 당신이 하루에 한 명씩 도와주고 먼저 귀인이 되어보세요.

3. 귀인에게 감사함을 표현하는 선물이나 편지를 보내세요.

5. 새로운 문제가 생겨요

    남편이 코로나19 격리가 해지 될 쯤, 저는 아기를 업은 채서서 세바시 대학 강의를 들었죠. 수업이 끝나고 아이들을 후다닥 씻기고 재우고 남편에게 따뜻한 차를 가져다주죠. 자정이 넘어서야 엄마로서 퇴근하고 겨우 화장대에 앉았어요. 그날따라 머리가 아프고 콧물이 줄줄 흐르더라고요. 내일은 코로나 검사를 받으러 가봐야겠다고 생각했어요. 그래도 휴지로 양쪽 코를 틀어막고 공부했어요. 그런 저에게 지인이.

    "그냥 아프면 자. 왜 그렇게까지 공부하니?"

컨디션이 좋지 않다고 할 일을 미루다 보면 아기엄마는 자신에게 투자할 수 있는 날이 거의 없어요. 만약 제가 컨디션이 좋더라도 가족이 아프면 돌봐야하니까요. **꿈을 이루기 위해서 분명 목표만 바라보고 미친 듯이 열정을 쏟아내는 기간도 필요해요.** 그 기간에 저는 하루 평균 15시간 정도 가정보육하면서 집안일을 했어요. 아이들을 재운 새벽에 화장대에서 글을 쓰고 책을 읽었죠. 그때 하루 20시간 이상을 무언가를 하면서 보냈어요. 그런 저를 주변에서 걱정하고 다 말렸어요. 특히 엄마와 남편이 새벽에 깨있는 것을 반대했어요. 의외인가요?

한 가지에 지나치게 몰입하다 보면 반드시 새로운 문제가 생겨요. 저의 경우, 배우자의 예민함과 엄마의 지나친 걱정이었어요. 저를 배려해주는 시간이 늘어날수록 그녀의 신경이 날카로워졌어요. 남편도 퇴근하고 집안일과 육아를 2~3시간씩 맡으면서 자신의 시간이 절대적으로 부족했어요. 각자 피로가 쌓이고 몸의 상태가 나빠지니까 자주 싸우게 되었죠. 엄마는 집안일에 소홀해지고 책만 보고 글 쓰는 저를 못마땅해 하셨죠. 주변에서 저한테 천천히 가라고 아무리 말려도 소용없었어요.

참 아이러니 한 것은 삶에서 가장 가까운 사람이 때로는 가장 먼 사람이 되기도 하죠. 저를 가장 사랑하는 가족이기 때문에 꿈 이루는 데 도와주기도 하지만 반대도 해요. 이것이 당연하다고 생각해요. 이런 과정을 이겨내고 가족을 설득하는 것도 저의 몫이에요. 걱정하는 부모님과 남편의 말을 어느 정도 수

용하면서 타협했어요. 특히 아기 엄마는 다른 사람들의 도움 없이 혼자서 오롯이 아이들을 돌보면서 성장하는데 어려움이 있거든요.

처음에는 수면시간과 여가생활을 줄이지 않으면 나만의 시간을 확보하기가 어려웠어요. 어쩔 수 없이 계속 무리하면서 성공습관을 지켰어요. '그때의 나'는 휴식이나 여가생활은 사치라고 느꼈죠. 아무리 제가 아파도 아기를 돌보면서 대학교 강의를 끝까지 들었어요. 이 현실을 벗어나서 성공하고 싶은 마음이 간절했어요. 한 달 정도 혼자서 고군분투하는 모습을 보고 남편의 태도가 바뀌었어요. 제발 잠을 조금이라도 자면서 하라고, 주말에는 남편이 육아와 집안일을 맡아줬어요. 그래서 주말 낮에 혼자 잠시 카페 가서 작업하거나 공부방에서 틈틈이 자기계발을 할 수 있었어요.

그럼에도 불구하고, 작년 봄에 결국 탈진해서 링거를 맞았죠. 그 계기로 저의 생각과 주위 환경을 바꿨어요. 앞으로는 나 자신을 돌보고 주변의 도움을 적극적으로 받기로 했어요. 장기적인 관점에서 육아와 집안일은 위임하는 것이 효율적이에요. 우선 둘째를 어린이집에 보내기로 결정하고 주말에는 루틴을 줄였어요. 그동안 소홀했던 첫째 아이와 보내는 시간을 늘렸어요. 토요일마다 아이와 함께 요리수업을 참여했어요. 평일 낮에, 혼자 있을 때 미리 할 일을 하고 밤에는 잠을 푹 잤어요. 확실히 집중력이 높아지고 단 시간에 급한 일을 몰아서 하게 되었죠.

일상생활에서도 작업 방식을 개선했어요. 꿈을 이루는데 가장 긴급하고 중요한 일에 몰두했어요. 처음에 잠재의식을 바꾸기 위해서 하루에 지키는 습관이 28가지였잖아요. 그 이후, 자기 확신이 생기고 반드시 지켜야하는 성공습관의 목록을 정리했어요. 예를 들어, 부자확언, 꿈100번 쓰기, <시크릿>오디오북 듣기 등 100일 프로젝트는 완수하고 습관목록에서 제외했어요. 독서와 글쓰기에 대부분의 시간을 할애 했어요. 자기계발을 할 수밖에 없는 환경도 만들었죠. 집안곳곳에 책을 두고 어디를 가도 책이 손에 잡히도록 했어요. 마음가짐과 주변 환경을 바꾸니까 삶의 질이 바뀌었죠. 올해 초에 엄마가.

"아이나 잘 키우지 왜 갑자기 작가가 되려고 하노. 아이들이나 책 읽어주지. 네가 무슨 책을 이렇게 읽노."

낮에 제가 책상에만 앉아있으니까 집안일은 뒷전이라고 마음에 들어 하지 않으셨죠. 그때는 빨리 성공하고 싶은 마음에 다른 것들이 눈에 잘 보이지 않았어요. 하지만 시간이 지날수록 엄마와의 갈등은 고조되고 저의 태도를 바꿨어요. 수시로 정리와 비움을 통해서 청소가 쉬워지도록 만들었어요. 구역을 나눠서 하루는 큰 방 옷장, 다음 날은 거실 서랍장, 다른 날에는 주방 수납장순으로 부분적으로 정리했어요. 사용하지 않는 물건을 조금씩 비워내니까 새로운 공간도 생기고 마음도 가벼워졌어요. 엄마도 옆에서 도와줄 테니까 조금씩 같이 해보자면서 호의적으로 바뀌시더라고요.

집에서 하루 종일 아이들을 돌볼 때 라이브로 강의를 참석했기 때문에 남편이 혼자서 아이들을 돌보고 씻겨서 힘들었어요. 둘째를 어린이집에 보낸 후부터, 혼자 평일 낮에 녹화 본으로 강의를 들었어요. 퇴근하고 온 남편도 헬스를 할 수 있게 되었죠. 주말에는 온 가족이 나들이도 가면서 엄마, 아내로서의 삶에도 충실했어요. 자연스럽게 주위의 협조도 이끌어 내면서 저의 작업 능률도 올라갔어요.

새로운 문제가 생겼을 때 대처하는 우리의 태도가 중요해요. 꿈을 반대하는 사람들을 조력자로 만드는 방법은 자신부터 변하는 것이죠. 그들의 의견을 수렴하고 환경을 바꾸는 거죠. **가족들에게 분담할 수 있는 부분들은 위임하고 당신만의 시간을 최대한 확보해보세요.**

당신의 인생이 터닝 포인트라는 증거 5.
새로운 문제

1. 당신의 꿈을 반대하는 사람들이 있나요?

2. 새로운 문제가 생겼나요?

3. 문제를 해결하기 위해서, 지금 당신이 할 수 있는 일은?

6. 제가 1호 팬이라는 거 아시죠!

지난 6월, 일상을 인생으로 살려내는 콘셉트로 매일 소설을 썼어요. 저를 잘 아는 사람들은 소설이 아니고 에세이인 줄 알았죠. 처음에는 한 명의 마음이라도 제대로 움직여보겠다는 각오로 글쓰기 시작했어요. 제 진심이 통한 걸까요. 세바시 무대에 올라가기 일주일 전이었어요. 새벽마다 스피치 원고를 수없이 고치고 연습했어요. 직접 동영상을 찍고 표정과 제스처, 대본 내용이 빠진 부분은 없는지 확인하고 또 확인했어요. 이런 작업이 막히면 책을 읽고 다시 글 쓰는 과정을 무한 반복했어요. 새벽 한 시가 넘은 시각.

메시지를 확인하는 순간 눈앞이 흐려졌죠. '와~~~~~~' 말이 되나요? 태어나서 처음으로 팬에게 선물을 받았어요. 아직 정식으로 책이 나온 것도 아니고 꿈을 이루는 과정인데 말이죠. 무척이나 기쁜 나머지 감사의 답장을 쓰기도 전에 본능적으로 두 손이 주소를 입력했어요. 다시 마음을 가다듬고 팬 써니 님이 보낸 카드를 한 번 더 읽어봤어요. 어느새 두 눈에 습기가 차있었죠.

'제가 1호 팬인 거 아시죠!! 제 루틴은 소정님 소설 읽고 시작하기예요. 언제나 사랑해요. 언제나 보이지 않는 곳에서도 소정님을 힘차게 응원하는 존재들이 있다는 거 기억해 주세요.'

따뜻한 메시지와 함께 저를 닮은 토끼 인형에 달린 화환이 눈에 들어왔어요. **'핑크빛 길만 기다린대요.'** 올해 약 200편의 시를 쓰면서 핑크시인으로 활동하고 있거든요. 며칠 전부터, 저를 닮은 토끼인형이 자꾸 눈에 밟히더래요. 선물을 택한 이유까지 완전 감동받았어요. 온몸에 갑자기 힘이 솟아났어요. 사실, 끝이 보이지 않는 작업에 지쳤었는데 꿈을 응원해주시는 사람이 나타나더라고요. 한 시간 전만 해도 심해진 두통에 약까지 먹었었는데 거짓말처럼 괜찮아졌죠. 저는 감사한 마음을 담아 써니 님을 위한 시를 적어서 선물했어요.

이분은 2월에 <웰씽킹 백일장>에서 상을 받은 사람들이 모인 채팅 방에서 알게 되었어요. 제가 활동하는 모습을 보고 이런 생각이 들었대요.

'저 분은 아기가 어린데 잠도 잘 안자고 안 피곤하신가.'

캐나다에서 사시는 써니님이 메시지를 확인할 때 보통 채팅 방이 조용한데, 제가 항상 대답해서 놀랐대요. 늘 새벽에 깨어 있는 제가 쓰러질까봐 걱정했대요. 한 달, 두 달이 지나고, 4개 월 넘게 꾸준히 행동하는 모습을 보고 팬이 되었다고 말해줬어 요. 매일, 저의 소설을 읽고 응원하고 있다고 연락이 왔어요.

그녀는 이십대 중반이고 해외에서 스포츠 관련 사업을 하고 있는 대단한 분이예요. 이날 이 후, 서로 비전도 공유하고 가끔 온라인으로 대화를 나눴어요.

써니님은 저의 소설 속 문구나, 시를 캡처하셔서 인스타그램 스토리<ENERGY>라는 폴더에 보관하고 있어요. 저에게 든든 한 팬이 생긴 것만으로도 힘이 나고 동기부여가 되죠. 반년 전 만해도 아픈 아기를 돌보는 가정주부에서 팬까지 생긴 작가라 니요.

기억에 남는 분을 소개할게요. 이분도 <웰씽킹 백일장>에서 수상한 사람들 모임에서 만났어요. 엄마 과학자라는 닉네임으 로 활동하시는 멋진 분이세요. 현재 연구와 사업에 매진하고 있어서 바쁘세요. 인스타그램에서 서로 응원하고 연락을 주고 받는 사이예요.

하루는 아이를 재우고 인스타그램을 둘러보다가 또 한 번 크 게 감동받았어요. 엄마 과학자님이 저의 세바시 스피치 영상을 소개하는 글을 봤기 때문이죠.

<진솔한 시와 꾸준한 노력으로 감동을 주시는 소정님의 세바시 강연이 업로드 되었어요. 어린 아가들을 키우면서 자신의 꿈을 펼치기가 쉬운 일이 아닌데.. 보통은 잠시 미루어둘 수도 있을 텐데..어떻게 매일 시를 쓰고, 매일 공부하고 매일 성장했을까 궁금했었거든요.

□ 세바시 강연에서 답을 찾았네요!!

유튜브에서 《세바시 조소정》 검색하고 오늘 당장 실천할 수 있는 성공비밀을 들어보셔요.>

저보다도 더 정성스럽게 동영상을 홍보해주니까 얼마나 감사하던지 몰라요. 저에게 모두 소중하고 감사한 광고주예요. 또다른 인연은 세바시 대학에서 만난 농민약국 약사님이세요. 3기 때, 제가 말하기과제를 처음으로 제출한 것을 보고 감동받았대요. 4기 때, 저라는 사람을 보고 글쓰기 수요클럽에 들어왔어요. 이제는 제가 운영하는 프로그램에 참여하고 싶다고 팬이라고 하셨어요. 제가 쓴 책도 밑줄 그어가면서 읽고 리뷰도 상세하게 남겨주셔서 감사했어요.

저를 '롤 모델'라고 하는 분도 나타났어요. 작년 7월에 진행한 성공일지 챌린지 1기에서 만난 분이에요. 란님이 쓰신 책 리뷰에.

'소정 샘의 성공일지 덕분에 여러 가지 습관을 100일 가까이 지키고 있다. 개인적으로 피드백을 주기도 했는데 더 확실하게 따라해 보고 싶어졌다. 쉽게 설명을 잘 해줘서 이해는 쉬웠는

데 핸드폰으로 읽는 책은 아직은 낯설어 머리에 잘 남지 않는다. 몇 번은 더 읽고 모두 내 것으로 하고 싶어졌다.'

전자책으로 보는 것이 어렵지만 두고두고 보고 싶다는 말이 기억에 남았어요. 11월, 때마침 동탄에서 전자책 출간 기념회를 했어요. 행사를 마치고 만난 란님에게 응원메시지를 적은 제본 책을 선물로 드렸어요. 그녀는 적극적으로 책에서 궁금했던 것도 질문하고 앞으로의 계획도 말해줬어요. 직접 만나서 대화를 나누니까 더 친근하고 뜻깊은 시간이었어요. 당신의 꿈을 응원해주는 사람들이 점점 많아질 거예요.

누군가에게 선한 영향력을 끼치는 일은 값진 일이랍니다.

당신의 인생이 터닝 포인트라는 증거 6.
지지자

1. 당신을 진심으로 응원해주는 누군가가 떠오르나요?

2. 누군가를 진심으로 응원해 본 적이 있나요?

3. 1년 후, 팬이 생길 수 있는 당신의 매력은 무엇인가요?

7. 백일마다 성공의 그릇을 키우기

성공으로 향하는 과정이 순탄하지 않아요. 그럼에도 불구하고 매순간 꿈과 목표에 집중하고 바로 할 수 있는 작은 행동을 찾아서 돌진했어요. 어느새 인생의 내비게이션이 제대로 작동하기 시작했어요. 그런 기운을 느껴본 적 있나요? 온 우주가 내가 성공하도록 도와주는 느낌이요. 꿈을 이루도록 주변에 귀인과 상황을 만들어 가져다주는 것 같아요. 실천하는 삶을 살면, 저에게 필요한 책, 강의, 사람이 있는 곳으로 안내해주더라고요. 저는 습관을 하나하나 장착하면서 목표에 한 발짝 한 발짝 다가갔어요.

작가가 되고 싶던 '중학생의 나'는 어떻게 해야 할지 몰라서 막막했었어요. 혹시 어릴 적부터 원하던 꿈이 있나요? 백일 동안 '꿈 100번 쓰기'를 추천해요. 성공한 사람들도 꿈 100번 쓰기를 했어요. <돈의 속성>저자 김승호 회장님, <웰씽킹>의 켈리 최 회장님은 '꿈 100번 쓰기'했던 목표를 다 이루셨어요. 하루 30분~1시간 정도 원하는 바를 이룬 모습을 상상하면서 노트를 꿈의 문장으로 채웠어요. 그날, 하루 동안 제가 할 수 있는 행동 세 가지를 적고 실천했어요. 이 기간에 꿈을 이루는 길이 보이기 시작했죠.

처음 4개월 동안 혼자서 자유주제로 노트에 글을 썼어요. 제가 가지고 싶은 것, 이루고 싶은 모습, 살고 싶은 집 등 자신에 관해서 적어봤어요. 5월부터 출판사에서 진행하는 백일백장에 참여해서 주제를 정해서 100일 동안 꾸준하게 글을 올렸어요. 블로그에 글을 공개하니까 아무래도 더 신경을 쓰였어요. 6월부터 일상을 재미있게 풀어낸 에세이 같은 소설을 썼어요. 약 40일 동안, 스토리를 공유하면서 소중한 팬들도 생겼죠.

100일 동안 매일 주제를 가지고 글을 썼어요. 어떤 책을 쓰고 싶은지 선명하게 보이더라고요. 글 쓰는 동안, 내가 무슨 일이 진정으로 하고 싶은지를 알게 되었어요. 깊은 내면에 어떤 상처가 있는지도 보였어요. 하루에 최소 한 시간씩 책상에 앉아서 글 쓰는 근육도 키웠죠. 책을 쓰기 전에 글 쓰는 사람이 되는 거죠. 작년 7월 중순까지, 저도 책은 쓰고 싶은데 무엇을 써야할지 모르겠더라고요. 그냥 무작정 글 쓰면서 나만의 스토리를 만들어 나갔어요. 드디어 8월, 책에 담고 싶은 이야기가 손에 잡히기 시작했어요.

어떤 주기적인 변화가 보이지 않나요? 3개월 정도, 즉 100일 프로젝트를 끝낼 때마다 저의 역량이 업그레이드가 되었어요. 첫 자유글쓰기를 하고 백일백장에 참여했죠. 그 다음에는 책 쓰기에 도전했어요. 다음 단계로 넘어가서 성공의 그릇을 계속 키워나갔어요. 3개월 전의 저도 집필이 어려워 보이더니 이제는 '할 수 있다'라는 자신감이 생긴 거죠. 세상에나 책을 쓴다는 것은 생각보다 훨씬 고된 작업이었어요. 무언가를 체계적으로 정리하고 논리정연하게 글을 적으니까요. 주위에서도 대부분 부정적인 반응이었어요.

목표를 높게 잡아야 엄청난 행동의 양을 끄집어 낼 수 가 있어요. 저는 매번 이전보다 어려운 과제에 도전했어요. 한 달 넘게 목차만 작업을 했어요. 책 쓰면서도 부분적으로 목차는 끊임없이 수정했어요. 뼈대가 된 목차를 완성하는데도 수많은 사람들의 의견을 듣고 전문가에게 도움을 요청했어요. 꿈을 이루기 위해서 단계별로 성장하는 것이 중요해요. 평생 글을 안 쓰다가 갑자기 책을 쓰기는 어렵겠죠? 하루에 한 줄, 열 줄, 다음에는 한 장씩 늘려서 시도해보는 거죠.

당신이 책을 쓴다고 가정하면, 집필 과정을 세부적으로 체계화해보세요. 두 달 동안, 글 쓰는 일정으로 잡아요. 한 달 동안,

일단 전체적으로 내용을 쭉 써 봐요. 나머지 한 달은 무한으로 퇴고작업해요. 책은 가장 긴 호흡의 글이죠. 이미 써둔 글을 다듬고 고치면서 하나의 작품으로 완성하죠. 누구나 책을 쓰다보면 슬럼프가 올 수 있어요. 초고를 교정하는 과정에서 아이들의 방학, 남편의 입원, 부모님의 코로나 확진 등 어려움이 계속 찾아와요. 다시 잠을 포기하고 새벽 늦게까지 글을 적었어요.

무조건 그냥 움직이는 거예요. 아침부터 아이들 재우는 밤 열시까지 집안일과 육아를 해요. 평균 15시간 정도 움직이고 그때부터 다시 늦은 밤부터 작가로서 출근을 하는 거죠. 잠을 충분히 자지 않으면 집중력과 기억력이 떨어져요. 이것은 사실이에요. 정말 눈이 뻐근하고 뒷목이 저려 오거든요. 지난해 8월, 시력이 3단계나 떨어졌어요. 결국, 지인이 코앞에서 인사를 건네도 못 알아보는 지경까지 왔어요.

3개월마다 시작하는 첫 달은 힘들어요. 이전보다 높은 수준에 도전하니 에너지 소비가 크거든요. 연이어 명절, 병간호, 태풍 등 일이 생겨서 잠을 제대로 잘 수 가 없었죠.

'신이 내가 얼마나 간절하게 꿈을 이루고 싶어 하는지 시험하구나.'

저는 이렇게 생각하고 더 노력했어요. 끝까지 포기하지 않고 이번 3, 4개월이 지나서 내가 어떤 모습이 되어있을지 그것만 상상했어요. 얼마나 저의 역량을 키울 수 있을 지만 집중했어요. 당신도 통제할 수 있는 것에만 집중하세요.

우연히도 이 책의 초고를 2주 정도 진행한 시점에서 전자책도 쓰게 되었어요. 종이책 하나도 쓰기 벅찬데 그것이 가능하냐고요? 일단 해보는 거죠. 두 권을 동시에 써보면 다음에 책한 권을 쓸 때 여유롭겠죠. **한 번 어려운 과정을 해내면 마지막에 배운 것이 분명히 있어요. 제 역량을 알고, 제 성공의 그릇을 어떻게 넓힐 수 있을지 알게 되었죠.** 전자책을 완성하고 다시 집필에 몰입하기가 훨씬 쉽게 느껴졌어요. 책을 한 번 써본 사람과 아닌 사람은 차이가 있거든요.

당신도 무엇이든 용기를 가지고 도전해보세요. 세상에 의미 없는 행동은 없어요. 책에서 '일단'이라는 말이 가장 많이 보일 거예요. 그것이 저의 모토이거든요. 망설일 시간에 그냥 행동하는 것이 정답이에요. 경험하고 나면 무엇이라도 남거든요. 종이책과 전자책을 동시에 쓰는 사람이 흔하지는 않잖아요.

이 책을 퇴고하는 시점에 전자책 <성공하는 하루를 보내는 15가지 습관>이 베스트셀러가 되었어요. 저의 책을 대구시중앙도서관, 포스코, 기아자동차, 부산대학교, 금오공과대학교 등에서도 구매했어요. 이 얼마나 감사한 일인가요.

나의 경쟁자는 이 세상에 없다.

오직 '어제의 나'와 '오늘의 나'가 달라져있을 뿐.

당신의 인생이 터닝 포인트라는 증거 7.
성공의 그릇

1. 자신의 전문적 역량은 무엇인가요?

2. 목표를 세분화해보세요.

3. 액션 플랜을 3가지를 실행하세요.

8. 어떻게 성공 습관을 계속 지킬 수 있나요?

　작심삼일만 반복하던 제가 어떻게 그 많은 습관을 400일 넘게 지키고 있을까요? 바로 '성공일지'에요. 매일 성공일지를 쓰다 보니까 아무리 피곤한 날에도 반드시 인증하고 자게 되었어요. 평생 어떤 일이든 제대로 마무리를 지어 본 적이 없었어요. 성공하려면 나쁜 습관을 세 가지 버리고 좋은 습관들로 일상을 채우라고 하잖아요. 하루를 좋은 습관으로 채우자 어느새 성공일지에 써야 할 것이 점점 많아졌어요. 어떤 상황에서도 성공일지를 썼는지 세바시 무대에 선 날의 뒷이야기를 해볼게요.

새벽 다섯 시, 아이들이 깰까봐 조심조심 서울로 떠날 채비를 했어요. 첫 비행기를 타고 오전 11시쯤 방송국에 도착했어요. 높은 건물들을 올려다보는 것만으로도 설렜죠. 서둘러 메이크업과 헤어를 받았어요. 곧이어 선생님들의 리허설과 본 무대가 차례대로 진행되었죠. 저녁 일곱 시 삼십분이 넘어서야 행사가 마무리되었어요. 비행기 시간이 다 된 저는 아쉽지만 사람들과 서둘러 인사를 나눴어요.

저녁 식사도 거른 채 구두를 신고 공항으로 뛰었어요. 양손에 받은 꽃다발과 선물로 가방이 무거웠지만 행복했어요. 겨우시간 맞춰서 도착한 게이트 앞에서 받았던 선물들을 사진 찍었어요. 온몸이 땀으로 젖었지만 얼마나 뿌듯했는지 절로 미소가 번졌어요.

하루 종일 이리저리 뛰어다니고, 스피치 방송 녹화한다고 피곤했죠. 그러나 비행기 안에서도 남편에게 감사하는 마음을 담아서 카드를 썼어요. 세바시대학 과정을 이수하는데 가장 적극적으로 협조해준 사람이죠. 그 다음, 핀 조명에 의지한 채 선물받은 책을 졸린 눈을 억지로 껌벅이며 읽었어요. 무려 17시간만에 돌아온 집에서 드디어 편안한 옷으로 갈아입었어요. 생각보다 아이들은 부모님과 잘 지내고 있었어요. 그제야 마음 편하게 밥을 먹었어요. 아이들을 재우고 밤 열한시가 지나서 눈꺼풀이 천근만근이지만 남은 루틴을 다 지켰어요. 아무리 피곤해도 저와의 약속을 지키고 싶었죠.

당시 참여하고 있던 프로젝트 미션도 다 완수하고요. 한 시간 동안 글쓰기하고 블로그에도 올렸어요. 왜냐하면 성공일지를 쓰고 자야하니까요. 성공하는 하루를 매일 사는 방법이 성공일지에요.

긍정적인 기분으로 하루를 마감하고 '성장 과정'자체를 즐기게 되었어요. 기록한 일과를 보면 하루 24시간을 얼마나 밀도 있게 썼는지 확인할 수도 있죠. 잠자기 전에, 인스타그램에 성공일지 인증을 꼭 해야 해요. 자신과의 약속을 이행하는 날이 쌓일수록 좋은 습관을 지키는 지속성이 생겨요.

성공습관을 꾸준히 지키기 위해서 습관의 루틴도 점검해요. 당장, 나쁜 습관 세 가지를 없애세요. 공부할 때도 잘못된 습관을 안 하는 사람의 성적이 더 우수하죠. 인지심리학자 김경일 교수님은 고등학교 2학년 때까지 테니스 선수여서 공부와 담쌓다 뒤늦게 공부를 시작했어요. 단기간에 고려대학교에 들어갈 수 있었던 것이 공부하는 나쁜 습관이 없었기 때문이죠. **좋은 습관을 지키는 것보다 나쁜 습관을 안 하는 것이 더 중요하답니다.**

꿈을 이루는데 필요한 좋은 습관도 중요해요. 400일 넘게, 매일 독서, 명상, 글쓰기를 하고 있어요. 세 가지 습관을 장착한 방법을 차례대로 설명할게요. 하루 종일 아이들을 돌볼 때도 10분이라도 틈틈이 독서했어요. 자투리 시간을 모으면 길게는 하루 3시간 정도 책을 읽었어요.

하루 두 세 권의 책을 나눠서 읽는 방법도 추천해요. 매일 자기계발서, 두 번째 육아, 심리 분야의 도서를 읽었어요. 마지막은 재테크 관련 책을 봤어요. 여러 책을 조금씩 읽으면 자연스럽게 독서 시간이 늘어나고 쉽게 독서습관을 가질 수 있어요.

명상하는 습관을 지킬 때는 기준을 완화했어요. 명상할 때, 무조건 양반다리하고 허리를 꼿꼿하게 세우고 앉아서 할 필요가 없어요. 침대에 편안하게 누워서 호흡을 가다듬어도 근육이 이완되고 심리적으로 안정되죠.

일과 중에 아무 때나 잠시라도 눈을 감고 호흡을 가다듬어요. 천천히 공기가 들어가고 나가는 것에만 집중해 보세요. 1분 안에 전체적으로 당신 몸의 에너지 흐름이 원활해지는 것을 느낄 수 있어요. **성공하는 기준을 낮춰서 습관을 쉽게 자리 잡을 수 있게 만들었어요.**

글쓰기 습관을 유지하는 방법은 '나'에 대해서 먼저 적어 봐요. 처음에 무엇을 써야할지 잘 모를 때는 자신이 가장 잘 아는 것을 쓰는 거죠. 내가 좋아하는 것, 가지고 싶은 것, 바라는 모습을 적다보면 글 쓰는 것이 재밌어요. 일상을 통해서 얻은 하나의 메시지를 적는 방법도 있어요. 남편과 다툰 날에 역지사지에 관한 저의 생각을 정리해 봐요. 습관을 만들기 위해서 '흥미'도 필요해요.

당신이 원하는 습관을 장착하고 싶다면, 기존의 행동에 새로운 습관을 엮으면 효과가 있어요. 예를 들어, '양치질하면서 영어 문장 한 개를 외운다.'이렇게요. 혹은 좋아하는 행동과 가지고 싶은 습관을 묶어서 같이 해도 효과적이에요. 저는 커피를 마시면서 글을 쓰는 습관이 있어요. 은은한 커피 향을 맡으면 자동적으로 책상에 앉게 되죠. 습관을 지키다 보면 당신만의 방식이 생길 거예요. 일단 세 가지 습관부터 정해 봐요!

마지막으로 좋은 습관을 꾸준하게 지키기 위한 3단계를 기억해요. 1단계, 오늘부터 성공일지를 쓰겠다고 결단해요. 무슨 일이 있어도, 꿈을 이루는 작은 행동을 하고 성공일지에 기록해요. 두 번째, 좋은 세 가지의 습관을 정해서 지켜요. 당장 나쁜 습관 세 가지를 버리고 좋은 습관을 만들어요. 당신의 습관을 바꾸면 인생이 바뀔 거예요. 3단계, 성공일지를 쓰고 개인 SNS에 인증해요.

재작년 겨울, 아이들을 돌보면서 성공습관을 다 지키니까 잠을 제대로 못 잤잖아요. 우리는 컨디션 관리를 잘 해야 해요. 특히, 엄마가 건강해야 온 가족의 건강을 책임질 수 있어요. 이제 저는 조금이라도 몸에 신호가 오면 잘 먹고 잘 자는 신생아 작가에요.

좋은 습관으로 하루를 채운다면,

당신도 매일매일 성공하는 하루를 보내게 된답니다.

당신의 인생이 터닝 포인트라는 증거 8.
좋은 습관

1. 버리고 싶은 습관 세 가지는 무엇인가?

2. 꼭 지키고 싶은 습관 세 가지는 무엇인가?

3. 성공일지를 써야겠다고 다짐했나요?

Chapter3.

성공하는 하루가 습관이 되는 행동 8가지

<성공하기 전 해야 하는 행동>

1. 소프트웨어를 새로 설치하라

일체유심조[一切唯心造]

모든 것은 오직 마음이 지어낸다는 뜻으로 모든 일은 마음가짐이 중요하다.

성공하기 위해서 이 마음을 잘 다스려야 해요. 의식보다 잠재의식이 3만 배나 강하다는 사실을 알고 있나요? 인간은 아침에 눈을 뜨고 하루를 시작하는 순간부터 대부분의 행동이 무의식적으로 움직여요. 일어나자마자 화장실에 가는 사람, 물 한잔을 마시는 사람, 핸드폰부터 확인하는 사람 등 행동패턴이 다양하죠.

지속적으로 성공습관을 장착하기 위해서는 잠재의식부터 송두리째 바꿔야 해요.

첫 번째, 당신이 진정으로 부자가 될 수 있다고 세포 하나하나에 명령하세요. 생각하는 프로세스를 완전히 바꾸는 거죠. '나는 한다면 하는 사람이다.', '나는 억만장자다.'라고 주문을 시도 때도 없이 걸어보세요. 잠재의식에 끊임없이 최종 목표를 알려줘서 경로를 이탈하는 행동을 줄일 수가 있어요. 잠재의식을 반복적으로 훈련하면 자연스럽게 나쁜 습관을 없앨 수가 있어요. 목표에 맞는 행동을 우선적으로 하게 되니까요.

평소에 당신이 무심코 내뱉는 혼잣말의 힘을 알고 있나요?

'아 힘들어 죽겠어.'

'내가 어떻게 성공해. 난 할 수 없어.'

이런 말들을 하는 순간 바로 나 자신이 가장 먼저 들어요. 부정적인 말을 들으면서 기운이 날까요? 당연히 운이 더 나빠지겠죠. 우리의 인생은 선순환에 계속 들어가야 해요. 아주 간단하지만 꼭 지켜야 하는 중요한 사실이에요. 혼잣말이 그냥 내뱉는 말이 아니라 스스로에게 거는 '마법의 주문'이라는 사실을 기억해야 해요.

'와, 한 번 해볼 만한데.'

'나 이거 잘 할 수 있겠어. 재밌어.'

이처럼 항상 긍정적인 말을 해야겠죠?

책을 쓰면서 시력이 급격하게 떨어지고 입안 전체가 다 헐었어요. 아이들의 방학이 진행되는 3주 동안, 다시 잠을 포기하고 새벽 4~5시까지 작업했거든요. 낮과 밤에는 아이들을 돌보고 제대로 휴식을 취할 수가 없으니까 생활습관이 또 무너졌어요. 이 과정을 계속 거치면서 체력적으로 힘겹더라고요. 입천장은 물론 혀의 위아래도 구멍이 생겨서 음식을 제대로 먹기 힘들고 맛도 잘 안 느껴졌어요. 다시 한 번 더, 무엇보다 건강이 중요하다는 사실을 깨달았어요.

'진짜 책 쓰는 것이 힘들어요.'라는 말을 자주 하다가 아차 싶었죠. 혼잣말을 긍정적인 주문으로 바꾸고, 성공일지를 인증할 때. '집필하는 것이 즐거워요.' 신기하게도 그때부터 책 쓰는 것이 재밌고 감사하게 느껴졌어요. 잠재의식이 일상생활을 넘어서 몸 상태까지도 영향을 끼친다는 사실을 꼭 기억해요. 다음날에 몸에 이곳저곳 이상신호 보내던 곳이 말끔히 사라졌어요. 일주일 넘게 진도가 안 나가던 작업이 술술 풀리기 시작했어요. 일상생활에서 긍정적인 혼잣말을 반복하세요.

두 번째, 반복적인 잠재의식 강화 훈련을 시도해보세요. 확언을 외치거나 필사해보세요. 유튜브에 다양한 확언 관련 동영상을 쉽게 접할 수 있어요. 무료 프로그램이니까 얼마든지 활용하시면 효과 만점이에요. 매일 새벽에 일어나서 좋은 문장을 입으로 내뱉으면서 열 번씩 종이에도 적어요. 잠재의식에 자신

을 새롭게 성공하는 사람으로 입력하고 행동하게 되죠. 첫 100
일 동안은 외부의 프로그램을 활용해서 습관을 자리 잡았어요.
그 이후로 명상하거나 어떤 일을 시작하기 전에 외쳤어요.

'나는 세계적인 천재작가다.'

'나는 메시지를 효과적으로 전달하는 사람이다.'

세바시 무대에 올라가서 많은 사람들과 카메라 앞에 서니까
떨렸어요. 무대에 오르기 전에는 별로 긴장해본 적이 없어서
무대 체질이라 생각했거든요. 역시 스피치를 방송녹화까지 하
니까 잘 하고 싶다는 생각에 긴장되었어요. 이때, 어깨를 쫙 펴
고 양손을 허리에 올리는 일명 '원더우먼 자세'를 취하고 마음
속으로 확언을 외쳤죠. '나는 잘 할 수 있다. 연습한 대로만 하
자.'라고 잠재의식을 훈련했어요. 자신감이 생기고 청중들을 바
라보면서 발표를 마칠 수가 있었어요.

필사도 좋은 방법이에요. 책을 읽다가 마음에 확 와 닿는 문
장이 있잖아요. 밑줄 친 문장은 따로 노트에 옮겨 적어요. 책
여백에 한 자신의 생각과 함께 써보세요. 저에게 영감을 주는
글귀를 바탕으로 주로 자작시를 적죠. 지난 해 쓴 시가 약 200
편이에요. 사람들이 어떻게 시를 그렇게 많이 쓸 수가 있냐고
물어보거든요. 답은 간단해요. 순간순간 떠오르는 생각을 받아
적는 거예요. 잘 쓰든 못 쓰든 상관없어요. 일단 기록해두면,
어느새 시집 한 권의 분량이 나왔어요.

어릴 때부터 저의 소망이 미처 이루지 못한 엄마의 꿈을 이루게 하고 싶었거든요. 시집을 내기로 마음먹고 문득 아이디어가 떠올랐어요. 얼마 전, 나태주 시인과 김두엽 할머니께서 콜라보로 낸 시집을 봤어요. 저도 화가가 꿈이었던 엄마와 함께 의미 있는 작업을 하면 좋겠다고 느꼈죠.

잠재의식에 원하는 목표를 계속 전달하니까 꿈을 이루는 길이 구체적으로 보였어요. 새로운 아이디어는 갑자기 떠오르는 것이 아니라 준비된 자에게 나오는 것 이예요.

지금 당신의 잠재의식에 무엇을 입력하나요?

성공하기 전 해야 하는 행동 1.
잠재의식훈련, 확언

1. 잠재의식에 남아 있는 비합리적 신념은 무엇인가요?

(예-나는 부자가 될 수 없다.)

2. 자기 암시 문장 10개를 만들어서 매일 읽어보세요.

3. 잠재의식에 목표를 한 문장으로 정확하게 입력하세요.

2. 어떤 상황에서도 긍정적으로 생각하기

　최근 미디어에서 경제적 자유와 재테크에 관한 관심도가 높아졌어요. 너도 나도 부자가 되는 방법, 성공하는 비결을 궁금해 하죠. 부자가 되기 위해서 당신이 반드시 지켜야하는 것이 하나 있어요. 그것은 간단하면서도 가장 지키기 어려울 수도 있죠. 바로 어떤 상황에서도 긍정적으로 생각하는 것이에요. 이것이 성공의 첫걸음이거든요. 매순간 상황을 긍정적으로 바라보는 태도가 일상과 더 밀접하게 연결이 되어있죠.

　"생각이 감정을 만든다."

당신이 기분 좋을 때, 에너지가 넘치고 행동하는 사람이 되죠. 반면, 우울한 사람은 집에서 머물거나 잠을 자요. 지금 이 순간에 당신이 행복함과 감사함을 느껴야 원하는 것을 끌어당길 수 있어요. 이것이 그 유명한 '끌어당김의 법칙'이죠. 항상 긍정적인 생각을 해야만 성공습관을 계속 지켜나갈 수 있어요. 성공일지를 쓰기 한 달 전부터 저도 감사 일기를 먼저 썼어요. 제가 이미 가지고 있는 것과 사소한 일에도 감사함을 느끼고 기록했어요. 직접 손으로 매일 감사한 이유 세 가지를 적으니까 똑같은 상황이라도 다르게 받아들이게 되었죠.

어느 날, 돌이던 둘째가 물티슈를 톡하면 다 뽑아두는 거예요. 안 그래도 집안일하면서 아이 둘을 보면 정신이 없거든요. 땀을 뻘뻘 흘리다가 조용해서 바라보면 아기가 물티슈로 산을 만들어 놨어요. 처음에는 그 장면을 보고 욱하는 기분이 들었어요. 집안일은 해도 해도 티가 안 난다더니 아무리 치워도 끝이 없었죠. 후다닥 치우고 돌아서면 또 매트 위에 장난감과 과자 부스러기로 난장판이에요. 순간 화가 치밀다가 숨 한 번 크게 들이마시고 천천히 내쉬면서.

"아~ 우리 아기가 엄마 청소하라고 미리 도구를 준비했구나."

이렇게 말하면 아기는 또 생긋 웃어요. 제가 물티슈로 방청소하고 있으면 어느새 조용해요. 이번에는 둘째가 서랍에 있는 옷을 다 꺼내고 그 안에 들어가 있어요. 재빨리 옷을 정리해서 넣어두면 아기가 깔깔 웃는 소리가 들려와요. 소리를 따라가면, 둘째가 부엌 수납장에서 양념 통을 다 끄집어내서 놀고 있어요. 이 상황을 나만의 방식으로 스트레스를 푸는 거예요. 저의 경우, 시를 쓰면 순간의 화가 사라지더라고요. 그날, 육아하면서 틈틈이 11개의 시를 적었어요.

부정적인 감정이 올라올 때, 상황을 긍정적으로 바라보는 시각을 가져야 해요. 어떤 날, 우리가 원하는 대로 일이 잘 풀리지 않을 때가 있어요. 최근에 저도 책을 쓰면서 하루 동안 써야하는 분량이 있는 데 아무리 애를 써도 글이 안 써지더라고요. 그럴 때 지나친 자책은 저에게 별 도움이 되지 않아요. 그저 불평이나 하는 사람으로 남는 거죠. 상황이 좋지 않을 때, 그 사람의 진가가 드러나는 법이죠. 이런 경우에 저는.

'지금은 내 역량을 키울 시기인가봐. 어떻게 이 일을 통해서 내가 더 성장할 수 있을까.'

앞으로 저의 태도를 어떻게 가질 것인지 결정해요. 가장 추천하는 방법은 독서와 산책이에요. 새로운 장소에서 몸을 움직이거나 사색하면서 운의 흐름을 바꾸세요. 걱정은 짧게 하고 바로 행동해요. 저는 독서하면서 아이디어가 샘솟는 경우가 많아요. 만약에 생각하는 대로 일이 잘 풀리지 않는 이유는 간단하죠. 제가 아직 그 일을 해내는데 능력이 부족하기 때문이라 생각하고 해결책을 찾아요.

사실을 있는 그대로 겸허하게 받아들이고 저의 역량을 키우는 거죠. 처음에 어려웠던 일이 몇 개월 후는 수월해졌어요. 누구나 이런 경험이 한 번씩 있을 거예요. 처음 회사에 들어가면 모든 업무가 낯설고 버겁죠. 선배들은 딱딱 일을 처리하고 아이디어도 내고요. 저만 뒤처지고 업무를 헤매는 것 같아 의기소침했어요. 하지만 4~5개월 후, 업무에 익숙해지면서 언제 그랬냐는 듯이 신속하게 일을 할 수 있게 되었죠. 회사에 수습 기간이 있는 이유도 그런 거죠.

결혼하기 전, 저는 대형 카페에서 일을 했어요. 기존에 판매되는 커피와 제조 음료의 종류가 이미 많았어요. 설상가상으로 이벤트도 자주 해서 신 메뉴도 익혀야 하니까 업무 적응하는데 고생했죠. 매장이 시내에 있어서 손님들도 계속 줄 서서 기다리는 카페였어요. 손이 느린 제가 감당하기에 매순간 숨이 턱턱 막힐 정도로 바빴어요. 매장 안에서 정신없이 뛰어다니고 움직이니까 한 달 만에 6킬로그램이나 빠졌어요. 선배가 척척 음료를 만들어내는 모습을 보고 더 긴장했어요. 심지어 저와 같이 일하는 선배들이 힘들어하니까 마음까지 괴로웠죠.

몇 달 후, 이번에도 저는 익숙한 솜씨로 커피를 빨리 제조하고 응대하게 되었어요. 그때는 업무를 잘 처리하지 못하는 제 자신이 싫었거든요. '지금의 나'라면 자책하기 보다 더 많은 노력을 할 거예요. 이제는 긍정적으로 생각하면 더 많은 에너지를 이끌어 낸다는 것을 알았으니까요. 어제보다 오늘 더 성장하려는 마음, 작은 행동 하나면 충분해요. 스스로를 칭찬하고 소소하게 보상해주세요. 가끔 장바구니에 담아두었던 책을 사거나 예쁜 스티커로 다이어리를 꾸미기도 해요.

똑같은 상황에서도 당신이 어떻게 대처하느냐에 따라서 감정이 얼마든지 바뀔 수가 있어요. 당장, 지금 이 순간부터 행복과 감사함을 느끼세요. 누구나 기분이 나쁘거나 화나서 하던 일을 제쳐두고 자거나 술 마신 경험이 있을 거예요. 긍정적으로 생각하고 온 우주의 부와 운을 끌어당겨요.

한 번, 거울 앞에 서서 당신 눈을 쳐다보고 웃어 봐요.

혹시 아나요? 뜻밖의 행운이 찾아 올 지도요.

지금, 크게 스마일~~~~

성공하기 전 해야 하는 행동 2.
감사하기

1. 최근에 화를 낸 이유가 무엇인가?

2. 다시 화냈던 상황으로 돌아가서, 긍정적으로 생각해보자.

3. 아침에 일어나서 거울을 쳐다보고 밝게 인사를 건네자.

3. 말 도 안 되는 목표, 말도 안 나오는 노력

목표를 크게 설정하라.

vs

현실적인 목표를 세우고 달성해야 한다.

보통 목표에 관해서 의견이 나뉘잖아요. 캐나다에 사는 팬 분이 저를 보면 그랜드 카돈이 떠오른다는 거예요. 저에게 생일 선물로 그랜드 카돈의 <10배의 법칙>을 보내줬어요. 이 책을 읽다가 팬 분이 왜 제가 그를 닮았다고 했는지 알겠더라고요. 책을 볼수록, 제가 미친 듯이 달리던 첫 4개월의 모습이더라고요. 그때, 주변 사람들에게 쉬엄쉬엄하라는 말을 제일 많이 들었어요. 하루는 제가 피곤해서 낮잠 잤다고 하면 지인들이 칭찬을 했어요. 저를 돌보면서 성장하라는 조언을 자주 들었죠.

저도 그랜드 카돈과 비슷한 의견이에요. **목표는 크게 잡을수록 저의 잠재력을 최대한 끌어낼 수 있죠.** 사람들이 말도 안된다고 하는 꿈을 목표로 잡았어요. 저의 꿈을 듣고 불가능하다고 비웃는 사람들이 많았어요.

"네가 어떻게 첫 책으로 성공하겠어. 말도 안 돼."

현실적으로는 불가능해 보이는 목표일 수 있어요. 저를 아끼는 마음에 한 얘기일 수도 있죠. 하지만 이번에 성공하지 못한다고 해도 괜찮아요. 이번 경험을 통해서, 책을 어떻게 쓰고 홍보하는 방법을 배울 테니까요. 이 책이 나온 시점에, 제가 크게 성장했을 거라고 굳게 믿어요. 제 책을 읽고, 단 한 분이라도 좋은 습관을 자리 잡길 바라는 마음으로 모니터 앞에 앉아 있어요. 아무리 잠이 쏟아져도 아이들을 재우고, 매일매일 책을 쓰고 있죠.

책을 쓰기 시작하고, 2주 쯤 지나서 전자책 제의를 받았어요. 제가 두 권의 책을 동시에 쓴다고 하니까 주변에서 말리는 사람들도 있어요. 두려움을 느껴야 제대로 된 방향으로 가고 있다는 증거가 아닐까요? 세상에는 말 도 안 되는 일을 해내는 사람들이 있잖아요. 일단 시도해보는 거죠. 무슨 일이든 경험하면 당신에게 남는 것이 있어요. 저는 무조건 도전해서 노력해봐요.

몇 시간 동안, 부정적인 반응에 잠시 기운이 빠질 수도 있어요. 하지만 금방 그런 나쁜 기운에서 벗어 나와야하죠. 노력하는 사람은 '나' 자신이고, 저의 인생을 책임질 사람도 '나' 하나뿐이죠. 저는 목표를 크게 세우고 사람들에게 선언해요. 남들이 말도 안 된다고 걱정해도 괜찮아요. 그만큼 어렵고 힘든 목표라는 거잖아요. 이제 당신이 원하는 것을 이루고 성공한 모습을 보여주면 되는 거예요.

여름에 제가 하반기에 종이책과 전자책을 쓸 거라고 선언했죠. 사람들에게 마음만 먹으면 안 되는 것은 없다고 보여주고 있어요. 틈틈이 좋은 습관을 유지하도록 성공일지와 글쓰기 코치하고 있어요. 성공하는 하루를 살다보니 꿈에 한 발짝 한 발짝 다가서게 되었어요. 하루가 일주일이 되고, 한 달이 흘러 새로운 기회를 잡을 수 있어요. 단 4개월 만에 공공도서관에서 강의할 기회를 잡았어요. 1년 동안, 공저 포함해서 책 4권을 쓴 작가가 되었어요.

당장 성과가 드러나지 않더라도 저의 노력이 헛된 것일까요? 이 경험이 실패한 것일까요? 아니죠. 아무도 그렇게 얘기하지 않아요. 지난해 열심히 참 잘 살았다고 말해주겠죠. 제 성장과정을 보고 세바시 대학에 들어온 분들도 있어요. 성공일지 챌린지를 참여하셨던 한 분이 이런 말씀을 하셨어요.

'성공일지를 시작하게 해준 소정님 너무 감사드려요. 벌써 21일째, 매일 성공하면서 성장하고 있어요. 앞으로도 쭉 해나갈 거예요. 덕분입니다. 기회가 주어진다면 소정님 강의하실 때 제 스토리를 재료로 쓰실 수 있도록 하고 싶어요. 언젠가는 그 강의시간에 함께 서볼 수 있는 기회도 제게 주실 수 있겠다는 생각이 들어요. 너무 고맙습니다. 애들 키우랴 꿈을 위해, 성공을 위해 도전하는 모습을 보면서 응원하게 되고 저 또한 도전하게 됩니다.'

당신이 어떤 꿈을 떠올렸을 때, 두려움을 느꼈다면 좋은 신호예요. 지금 자신의 무한한 가능성을 끄집어내야 하는 순간이에요. **불안함을 없앨 수 있는 방법은 오직 하나, 엄청난 행동력을 통해서 자기 확신을 가지는 것이죠.** 이 방법이 가장 간단하고 확실해요. 남다른 성과를 보이는 사람들은 우선순위에 집중해요. 저는 책과 강의를 통해서 사람들에게 동기부여를 하고 있어요. 지극히 평범한 엄마도 실천하면, 원하는 바를 이룰 수 있다고 직접 보여주고 싶어요. 꿈을 이루는 과정을 공유하여 함께 성장하고 있어요.

기부와 봉사도 직접적인 선한 영향력을 끼치는 일이죠. 당신의 행동이 다른 사람에게 긍정적인 영향을 줄 수 있어요. 시간이 흐를수록, 저의 팬과 지지자들이 늘어나는 것을 보고, 더 열심히 하게 되었죠. 재작년 연말부터 아침에 일어나면 할일목록을 작성해요. 매주, 매달마다 목표를 세분화하고, 작은 행동을 실천했어요. 습관을 자리 잡는데 일정 시간이 필요해요. 그 기간에는 무슨 일이 있어도 자신과의 약속을 지켜야 합니다.

엄청난 행동력이 당신을 원하는 분야의 최고의 수준으로 만들어 줄 거라고 확신해요. 최종 목표는 크게 잡고, 오늘 하루는 쉽게 성공하는 거죠. 어느새, 당신도 불가능해 보이던 목표에 다가서게 될 거예요. **말도 안 되는 목표를 세우고 말도 안 나오는 노력을 해봐요. 불안함을 없애는 방법은 한계를 뛰어 넘는 120%의 노력뿐이에요.** 한계는 다른 사람이 아닌 대부분 스스로가 그어요. 기억해요.

"당신의 한계는 없다."

성공하기 전 해야 하는 행동 3.
엄청난 행동의 양

1. 당신의 말도 안 되는 꿈은 무엇인가요?

2. 꿈을 이루는 데, 하루 최대 몇 시간을 투자할 수 있나요?

3. 1년, 3년 단위로 이루고 싶은 원대한 목표를 설정해보세
요.

4. 오늘의 할 일 목록을 적어라

* 성공하루 도구 1

　아침에 일어나면서. '사랑하는 아이들과 오늘도 행복하게 시작해서 감사합니다.'라고 마음속으로 외치면서 일어나요. 곧바로 화장실에 가서 거울보고 저에게 웃으면서 인사하죠. 1분도 걸리지 않는 이 간단한 행동이 몸과 마음에 긍정적인 에너지로 가득 채워줘요. 아이들을 어린이집에 보내고 나면 본격적으로 작가로 출근해요. 제일 먼저 성공하루 도구 첫 번째인 할 일 목록을 적어요. 하루 동안 해야 하는 일과 중요한 일정은 목록 위에 한 번 더 써두고 기억해요.

저는 맨 위에 중요한 글쓰기와 독서, 운동 순으로 적어요. 회의나 강의일정, 혹은 블로그에 어떤 글을 업로드 했는지 기록해요. 이것이 생산성을 올리는 가장 확실한 방법이에요. 1분 1초도 목표에서 벗어나는 행동을 하지 않기 위해서 시각적인 자극을 주는 거죠. 아침마다 수시로 할 일 목록을 확인하면서 중요한 일을 실천해요. 아래는 제가 실제로 아침에 할 일 목록을 쭉 적어두고 하나씩 할 때마다 옆에 내용을 채워 넣어요.

성공디자이너의 할 일 목록 2023.02.14.

1. 만일스토리 35. 책은 누구나 쓸 수 있다

2. 만일시작 25. 마음의 문 총 1시간

3. 이야기의 핵심 완독 및 노인과 바다 ~P42 총 30분

4. 깨달음 및 아이디어, 감사일기

5 교정 * 교열 작업 및 원고 등록 총 3시간

6. 네이버 스마트스토어 이용권 업데이트 총 2시간

7. 네이버카페 습관 자료 올리기 총 30분

8. 출간 관련 강의 듣기 총 30분

9. 성공일지 코칭 총 1시간

10. 걷기 및 스트레칭 총 1시간

11. 영어 - I'm really into you.

1번에는 가장 중요한 일을 적어요. 그 다음에는 중요한 순으로 해야 할 일 목록을 적어요. 할 일 목록의 개수는 개인에 따라 달라질 수 있어요. 할 일을 미루지 않고 매일 실천해요.

미리 할 일 목록에 적어둔 것을 바탕으로 잠자기 전에 성공일지를 쓸 때 빨리 정리할 수 있어요. 저의 경우, 할 일 목록과 성공일지의 순서와 형식이 조금씩 달라요. 한 번, 성공하루 도구를 적으면서 당신만의 스타일을 찾아보세요.

집안일을 하거나 잠시 볼일을 나갈 때도 수첩을 들고 다녀요. 제가 안 해야 하는 행동을 줄이고 자투리 시간을 모을 수 있죠. 예를 들어, 병원이나 은행에서 기다릴 때 SNS를 하지 않고 전자책을 봐요. 아이의 학원 차를 기다리면서도 어플로 영어 공부를 해요. 약속이 있는 날에는 오전에 집안일을 재빨리 하고 운동시간을 따로 빼지 않아요. 약속 장소 기준으로 왕복한 시간 정도의 거리를 걸어 다녀요. 오늘의 해야 할 일들을 게임하듯이 처리하고 체크하는 거죠.

저는 구체적으로 일을 진행한 과정을 적어요. 예로, <독서 – 성공하는 하루의 힘, ~p77, 30분> 이런 형식으로 기록하면 진행 속도를 파악할 수 있어요. 성공일지 챌린지를 진행할 때, 사람들에게도 오늘의 할 일 목록도 함께 쓰라고 권해요. 필요한 행동을 적어두고, 하루를 시작하면 이전 보다 더 많은 일을 하게 된다고 만족해했어요. **아침에는 '할 일 목록'으로 시작하고 잠자기 전에는 '성공일지'로 마무리하는 거죠.**

성공습관을 꾸준히 지키기 위해서 도구를 활용하는 거예요. 아기 엄마는 규칙적으로 한 두 시간 확보해서 무엇을 실천하기 현실적으로 어렵죠. 틈나는 대로 해야 할 일을 조금씩 행동하는 거예요. 신기하게도 작은 행동을 기록해보면 예상보다 많은 시간에 자기 계발한 것을 알 수 있어요. 아이들과 하루 종일 붙어있을 때, 운동 시간을 따로 낼 수 없다면, 아이들과 함께 동요에 맞춰서 율동 체조도 따라했어요. 육아하면서도 짧은 시간을 활용하거나 방법을 살짝만 변형해서 자신과의 약속을 지키는 방법은 얼마든지 있어요.

어쩔 수 없이 덜 중요한 작업은 멀티플레이를 했어요. 책 쓰기나 독서는 고도의 집중력이 필요해서 따로 시간을 만들었어요. 비교적 덜 중요한 일은 아이들을 돌보면서 자투리 시간을 확보했어요. 가족 여행을 1박 2일로 가는 경우, 떠나는 날 새벽 2~3시쯤 일어나서 책을 읽고 집필했죠. 여행 끝나고 집에 온 날도 아이들을 재우고 다시 새벽에 습관을 다 지키고 잤어요. 아직은 둘째가 어린 아기라서 자주 아프거나 변수가 많아요. 그때마다 할 일을 미루거나 안 할 수는 없더라고요. 무슨 일이 있어도 습관을 지키고 자는 거죠.

원래 사람이 성장할 때 하루하루가 별 차이가 없게 느껴져서 빨리 그만두게 되잖아요. 한번 다이어트 한 경험을 떠올려볼까요? 하루 바짝 운동 3시간 하고 먹는 거 줄였다고, 바로 5키로가 빠지나요? 눈에 띄는 변화가 있거나 옷 사이즈가 확 줄

지도 않아요. 매일 산책하고 한 숟가락 덜먹은지 적어도 3개월은 지나야 허리가 1인치정도 줄더라고요. 묵묵하게 할 일 목록을 보고 의도적으로 자신에게 자극을 주세요.

정기적으로 하루 일과를 점검해 봐요. 학창시절에 몇 시부터 언제까지 밥 먹고 공부하는 식으로 방학 계획표를 짜면 잘 안지켰어요. 현재의 저는 할 일 목록만 적어둬요. 각 습관마다 할애하는 시간은 달라질 수 있지만, 반드시 습관을 지키는 거죠. 지속적으로 행동하려면 본인의 성향을 파악하는 것이 좋아요. 단기간에 모든 에너지를 한꺼번에 쏟아 붓는지, 아니면 적은 양이라도 오랫동안 몰입하는 스타일인지 말이죠.

그것만큼 중요한 것은 개개인이 처한 상황이겠죠. 직장인이라면 당연히 사회생활이 중심이 될 수밖에 없어요. 엄마는 아무리 아파도 돌봐야하는 가족이 있기 때문에 평소에 건강관리에 신경 써야 하죠. 처음 잠재의식을 바꿀 때, 하루 두 세 시간씩 쪽잠 자면서 노력했잖아요. 무리하니까 두 달에 한 번 정도 몸에 이상 신호가 오더라고요. 그럴 때는 며칠 푹 쉬어주고 저를 돌봐줬어요. 때로는 낮잠도 자고 친한 사람이랑 카페도 가요. 당신에게도 작은 보상을 주는 것은 어떤 것이 있나요?

해야 할 일을 잘 지킨다는 것은 다른 의미로 자신과의 약속을 소중하게 여기는 거죠. 비로소 제가 원하는 일에 집중하게 되는 거죠. 진정으로 원하는 삶을 살기위해서 반드시 해야 하는 일을 명확하게 정하고 행동해야 해요. 지금, 나에게 필요한 행동이 무엇인지, 아침마다 올바른 질문을 스스로에게 던져요.

'세계적인 천재 작가가 되기 위해서, 내가 당장 할 수 있는 일은 무엇일까?'

매일 성공하는 하루를 보내면서, 결국은 내가 성공하는 사람이 되겠다는 확신이 들어요. 이렇게 선순환 구조에 들어와야 해요. 중간점검을 통해서 어느 정도 성과가 있어야 우리는 계속 행동하게 돼요. 이러한 결과를 만들기 위해서 해야 할 일을 적고 효율성을 최대한 끌어 올리는 거죠. 삼십대 중반까지 작심삼일만 반복하던 제가 지금의 열정과 끈기를 가지게 된 것은 '할 일 목록'이예요.

이제, 주간 플래너를 주문해 볼까요?

성공하기 전 해야 하는 행동 4.
할 일 목록

1. 아침마다 할 일 목록을 적어보세요.

2. 매일 지키는 성공습관을 정해보세요.

3. 할 일 목록을 적고 어떤 변화가 있었나요?

5. 성공을 아주 쉽게 만들기

　대부분의 사람들이 지속적으로 습관을 못 지키는 이유가 무엇일까요? 당장 눈에 보이는 성과가 없으니까 꾸준하게 실천하는 힘이 생기지 않기 때문이죠. 과거에 작심삼일을 반복하던 제 모습을 떠올려보면, 저 또한 습관을 지키는 기준이 높으니까 쉽게 포기하게 되었어요. 이번에는 습관을 장착하기 위해서 성공기준을 낮게 설정했어요. 습관을 자리 잡을 때, 하루 독서 10분, 글 쓰는 습관도 나의 감정 쓰기 등 쉬운 기준을 잡았어요. 이 방식으로 2~3일을 넘어, 일주일, 한 달 이상 유지하는 습관의 개수가 자연스럽게 늘어났어요.

"성공하고 싶다면, 작은 성공을 반복하라."

작은 성공을 반복해서, 당신은 성공하는 경험의 횟수를 늘려야 지속력이 생기죠. 자신만의 뚜렷한 동기가 있어야 습관을 계속 지키려고 해요.

당신이 어떤 습관을 만들고 싶다면, 동기가 무엇인지 생각해봐요. 그 다음에, 그 습관을 지키는 기준을 낮춰요. 마지막으로, 적절한 보상이 주어져야 오랫동안 습관을 유지할 수 있어요. 최근에 100일 넘게 지키고 있는 습관, "깨달음 및 아이디어 일기"를 알려드릴게요.

보도 섀퍼의 <이기는 습관>에 나오는 습관이에요. 책이나 강의를 보고 깨달은 것을 적거나 경험으로 얻은 것을 '깨달음 일기'에 적어요. 일상 속에서 번뜩이는 생각은 '아이디어 일기'에 기록해요. 저는 좋은 생각을 바로바로 메모해둬요. 습관을 지키는 방법을 간단하고 쉽게 만들어 보세요. 깨달음 및 아이디어 일기를 적는 방법은 단순해요. 종이 위에 오늘 날짜와 며칠 차인지 적고 내용을 짧게 써요. 예시로 보여드릴게요.

깨달음 및 아이디어 일기 - 날짜, Day.1

1. 깨달음: 손흥민은 트로피를 상자에 담아두고, 집이 깔끔하고 정돈이 잘 되어있다.

2. 아이디어: 습관 코치 -> 성공 코치 -> 인생 코치

제가 며칠 전에 실제로 쓴 것을 예시로 가져왔어요. 유튜브에서 손흥민이 휴일을 보내는 영상을 보고 느낀 점을 적었어

요. 겸손함의 대명사인 손흥민 아버지가 아들의 트로피를 상자에 담아서 별도로 보관하는 점이 인상 깊었어요. 손흥민이 축구에만 집중할 수 있도록 그의 아버지는 청소와 정리정돈에 신경 쓰셨어요. 책에서도 부자들이 몰입을 위해서 집이 깔끔하다고 말했죠. 제 삶에 적용할 부분을 수시로 기록해요.

아이디어 일기에 적은 내용은요. 인간은 습관이 바뀌어야 성공할 수 있다는 생각이 들었어요. 제가 습관을 코치하는 것은 타인의 성공을 디자인하는 작업으로 연결되었죠. 나아가 이 과정이 한 사람의 인생을 변화시키는 상담이라는 결론을 내렸어요. 사소한 아이디어라도 기록해두면, 강의하거나 나만의 콘텐츠를 만들 때 쓸모 있는 재료가 되더라고요. 대통령의 글쓰기를 집필하신 강원국 작가님은 1700개의 메모를 바탕으로 책한 권을 쓰셨다고 해요. 어마어마한 양이지만 수시로 생각을 적어둔다면 당신도 아이디어를 모을 수 있어요.

습관을 쉽게 지킬 수 있도록, 저는 깨달음 및 아이디어 일기를 각각 한 줄 정도만 적어요. 한번씩, 노트를 주기적으로 쭉 읽어봐요. 제 삶에 직접 적용할 수 있는 부분이 있는지 훑어보는 거죠. 기록해둔 아이디어를 현실화시키지 않는다면 의미가 없겠죠? 저는 상담하거나 강의할 때, 깨달음 및 아이디어 일기에서 얻은 인사이트를 적극적으로 활용해요. 최근에 온라인 프로그램을 만들 때도 이렇게 도움이 되었어요.

최근에 '성공일지 챌린지' 프로그램을 만들었어요. 초급 한달 과정, 중급 60일 과정, 고급 100일 프로그램을 짜요. 습관을 만드는 것이 부담되거나 의지가 약한 사람은 초급과정에 적합해요. 유니버시티 칼리지 런던(University College London)의 연구에 따르면, 새로운 행동을 자동화하는 데 평균 66일이 소요된다고 해요. 이를 바탕으로, 습관을 장착하고 싶은 사람은 중급과정에 등록해요. 마지막으로, 뚜렷한 성과를 원하는 사람은 고급 과정을 들어요.

사업을 시작할 때, 깨달음 및 아이디어 일기가 실질적으로 반영되었어요. 이미 자료가 있으니까 구체적인 프로그램을 구성하기가 쉬웠어요. 당신도 아이디어를 기록하고 평소에 미리 자료를 수집해보세요. 필요할 때, 노트를 꺼내서 읽어보면 창의적인 아이디어를 발견하게 되죠. 깨달음 일기의 내용을 토대로 당신의 태도를 점검하고 지혜롭게 행동하세요. 날마다 더 성장하는 사람이 될 거예요.

좋은 습관을 지키면서 작은 성과가 드러나는 날이 많아졌죠. **성공하는 사람들이 압도적으로 뛰어난 것보다 성과를 내는 날이 성과를 나타내지 못하는 날보다 많기 때문이에요.** 주의할 점은 성공습관의 개수를 시간차를 두고 천천히 늘려가는 거예요. 차근차근 습관을 지키는 당신의 내공을 쌓으세요. 초기에 제가 마인드 세팅할 때, 하루 동안 지키는 습관이 28가지였잖아요. 습관을 하나씩 차례대로 늘려서 저의 역량을 키웠어요. 이 방식으로 습관을 유지하는 확률을 올렸죠.

하루 13시간 이상 집안일과 육아하면서도 좋은 습관을 지키게 되었어요. 처음에는 쉽게 성공하도록 1분만 명상해도 돼요. 작은 성취감을 반복적으로 느끼면서 출산과 육아 혹은 실패로 무너진 자존감, 자신감을 회복하는 거예요. 사회생활을 그만 두고 집에서 아기만 돌보지만 성장하고 싶었어요. 아기가 예쁘고 사랑스럽죠. 하지만 엄마가 가장 행복해야 가정이 행복해요. 내가 진정으로 행복해야 아기를 대할 때도 예민하지 않아요. 저는 더 철저하게 성공일지를 쓰고 하루를 효율적으로 보냈어요.

일상에서 작은 성공을 반복하니까 자신감이 생기고 과정이 즐거워졌어요. 일과를 단순하게 만들어 봐요. 아침에 제일 먼저 일어나서 폰을 보기 전에요. 기지개를 켜고 마음속으로 감사 인사하면서 명상해요.

당신만의 모닝루틴을 만들어서 사소하지만 성취감을 느낄 수 있는 행동을 하세요. 아이들을 보내고 바로 헬스장으로 가서 운동해요. 간단하게 식사를 챙기고 작업을 시작한답니다. 이제, 당신만의 루틴을 만들고, 성공하는 하루를 보내세요. 성공일지 프로그램 구호를 다함께 외쳐볼까요.

"성공이 제일 쉬웠어요."

성공하기 전 해야 하는 행동 5.
작은 성공

1. 최종 목표를 세분화 시켜 보세요.

2. 당장 그 작은 목표를 위해 할 수 있는 일이 무엇인가요?

3. 꿈을 이룬 당신의 모습을 한 장면으로 상상해 보세요.

6. 성공습관 목록을 함께 적기

* 성공하루 도구 2

꿈을 이루기 위해서 매일 지키는 당신만의 습관이 있나요?

성공하루 도구 두 번째는 성공습관 목록이에요. 현재, 저의 성공습관 목록에는 24가지의 습관이 있어요. 최근에 생활관련 습관들이 추가되어서 다시 스무 개가 훌쩍 넘었네요. 당신이 만들고 싶은 습관들을 한번 정리해보세요. 원하는 바를 성취하기 위해 필요한 습관을 적어보세요. 자기 전에, 성공일지와 성공습관 목록을 같이 쓰고 인증해요.

성공습관 목록은 성공일지와 차이점이 있어요. **성공습관 목록은 말 그대로 매일 지키는 습관을 쭉 정리해둔 거예요.** 각각의 습관들이 며칠 차인지 기록해요. 하루 동안 본인이 실천한 습관을 파악하기가 쉽죠. 모아둔 성공습관 목록만 살펴봐도 어떤 습관들을 유지하고 없앴는지 알 수 있어요. 성공일지 코치할 때, 성공습관 목록도 함께 쓸 것을 추천해요. 예시를 한 번 볼까요?

Olivia's 성공습관 목록♡   2023.02.14

1. 운동 2. 확언 3. 독서 Day. 421

4. 글쓰기 Day. 417

5. 기부 6. 감사일기 Day. 416

7. 명상 Day. 409

8. 인스타 기록 Day. 397

9. 성공일지 Day. 372

10. 이자통장 11. 블로그 기록 Day. 359

12. 미니스탁 Day. 296

13. 영어 공부 Day. 216

14. 깨달음 및 아이디어 일기 Day. 196

15. 성공일지 챌린지 Day. 192

16. 청소 및 비우기 Day. 174

17. 강의일지 Day. 145

18. 피부 홈 케어 Day. 63

19. 올리비아 만일스토리 Day. 35

20. 물 2L 마시기 Day. 28

21. 올리비아 만일시작 Day. 25

22. 가계부 Day. 13

23. 노벨문학상 작품 Day. 10

처음부터 독서와 글쓰기, 확언은 꾸준하게 지켜왔기 때문에, 목록의 위쪽에 자리 잡고 있죠. 그런 반면에, 영어는 반년 넘게 매일 지키다가 우선순위 정리할 때 쉬었죠. 목록 1번에서 13번으로 내려왔어요.

성공습관 목록은 주기적으로 점검할 필요가 있어요. 성공습관 목록을 살펴보고 당신의 성장 방향성을 바로잡을 수 있기 때문이죠. 무엇에 더 중점적으로 에너지와 시간을 쏟아야하는지 보여요.

영어공부를 꾸준히 200일 넘게 하다가 잠시 쉬었던 이유가 있어요. 비교적 동기가 약한 습관은 위기가 왔을 때 멈추게 되더라고요. 작년 5월, 세바시대학 과정을 이수하기 위해서 과제하면서 스피치 무대를 준비하니까 벅찼어요. 강의 듣고 리포트를 제출하고 에세이 원고를 완성했어요. 말하기 전공도 이수하니까 5분 스피치 원고도 쓰고 동영상을 찍으면서 연습했어요. 마감일이 다가올수록 압박감이 심해졌죠.

우선순위를 재정립할 때, 그냥 좋아서 하던 영어공부는 정리하게 되었죠. 다시 영어 공부를 매일 할 수 있었던 계기도 있어요. 지난여름, 제 생일 선물로 드림보드를 만들었어요.

그때, 영어 공부하는 이유를 명확하게 정했어요. 세계적인 천재작가가 되어서 나중에 독자들과 직접 영어로 소통하고 싶어졌어요. 영어를 공부하는 동기를 가진 이후 꾸준하게 실천하고 있어요. 성공습관 목록에 당신이 가지고 싶은 습관을 적어 봐요. 그 다음, 왜 그 습관을 지키고 싶은지 생각해보세요.

추가적으로, 저는 100일 프로젝트에 성공한 목록도 업데이트하고 있어요. 100일 프로젝트를 성공한 습관목록도 파악할 수 있죠. 현재까지 100일 프로젝트에 성공한 습관이 28가지라서 얼마나 뿌듯한지 몰라요.

기록의 힘은 훨씬 대단해요. 책을 쓸 때도 자료가 되고, 저의 노력을 증명하는데 활용해요. 막연하게.

"올해 저는 성공습관을 잘 지키고 있어요."

라고 말하는 것보다, 강의할 때, 성공습관 목록을 보여주니까 사람들의 신뢰도가 올라가요.

제가 **성공하는 하루를 보내기 위해서** 기록하는 <성공하루
도구>가 3가지에요. 첫 번째, 매일 아침에 적는 **할 일 목록**이
에요. 하루 동안 해야 할 일을 차례대로 정리하고 이벤트를 표
시해요. 두 번째가 **성공습관 목록**이에요. 저의 행동패턴을 파악
하면서 시간을 밀도 있게 써요. 마지막은 **성공일지**로 작은 성
과를 기록하면서 원하는 습관을 꾸준하게 지키고 있어요.

무엇이든 쉽게 포기하던 제가 유지하는 습관들이 이렇게 많
아졌어요. 평범한 주부에서 작은 행동을 기록하면서 꿈을 이루
었어요. 성공습관 목록을 적어두면, 매일 제가 실천한 일이 눈
으로 보기 편하니까 실행력이 높아져요. 당신도 기록하면서 새
로운 습관을 가져보세요. 성공일지와 성공목록을 같이 쓰는 것
을 강력하게 추천해요.

좋은 습관을 만들 때,

행동을 할 수밖에 없는 환경을 조성해야 합니다.

성공하기 전 해야 하는 행동 6.
성공습관 목록

1. 꿈을 이루는 데 필요한 성공습관이 무엇인가요?

2. 나만의 성공습관 목록을 만들어보세요.

3. 성공습관 목록을 한 달 주기로 점검해 보세요.

7. 나만의 성공시스템을 갖추어라

"어떤 습관을 들이고 싶다면 그런 습관을 지닌 사람 사이에
있어라. 그러면 함께 성장할 것이다."

– <아주 작은 습관의 힘>

처음 마음먹은 대로 혼자서 무엇이든 잘 하시나요? 사람들은
대부분 혼자보다 여럿이 함께할 때 더 오래, 더 멀리 나아가요.
저도 집중하고 싶을 때, 굳이 도서관이나 카페에 가서 글을 쓰
죠. 주변에 적당한 소음과 같이 공부하는 사람들이 있으면 더
몰입하게 되더라고요. 코로나19로 인해서 집에서 운동하는 사
람이 늘었었지만, 최근에 저도 다시 헬스장에 다녀요. 아무래도

혼자서는 운동을 잘 안 하게 되니까 돈을 지불해서라도 자신만의 성공시스템에 들어가는 거죠. 보통은 등록비가 아까워서라도 한 번이라도 더 독서실이나 헬스장에 가게 되잖아요.

혼자 글을 쓰거나 운동하더라도 나만의 성공시스템을 만들어요. 어떤 커뮤니티, 영상, 책과 할지 구체적으로 정하고 시작해요. 늦은 밤, 집에서 책을 쓸 때도 유튜브에서 '스터디 윗미'(다른 사람의 공부하는 영상)를 틀어놓고 작업해요. 여러 채널들을 보다가 동영상 시간이 길고 책상 구조와 배경이 깔끔한 스터디 윗미 영상을 선택했어요. 개인적으로 배경에 음악이 깔려 있는 것보다 장작소리가 더 집중이 잘 되더라고요. 요즘에 온라인으로 운동법을 상세하게 알려주는 경로도 많잖아요. 요가는 유튜브에서 동영상을 보면서 동작을 따라 해요. 저에게 필요한 자세나 강도로 알려주는 동영상을 반복해서 운동하고 있어요.

올해 제가 배움과 성장을 위해서 선택한 성공시스템은 세바시대학이에요. 보통 한 가지 전공을 선택하지만, 저는 3기 때, 말하기와 글쓰기를 택했어요. 성공히는 사람들은 두 가지 능력을 다 갖추고 있기 때문이죠. 하루라도 빨리 삭가와 강연자의 꿈을 이루고 싶어서 동시에 두 개를 이수했어요. 세바시대학 3기는 작년 2월부터 5월까지 다녔어요. 6월, 모든 과정을 이수하고 공동저자로 책을 냈어요. 꿈의 무대인 세바시 무대에 올라가서 스피치도 선보였죠.

나만의 시스템에 들어가면 좋은 이유가 하나 있어요. 그 기간에는 끊임없이 주어지는 강의와 과제를 하니까 슬럼프가 올틈이 없었어요. 그런데 5월쯤에 세바시대학 3기 과정이 끝나고살짝 슬럼프가 왔어요. 최종 과제를 이수해야한다는 압박감 때문일까요. 아니면 과정이 끝나고 살짝 긴장이 풀려서일까요. 충분한 휴식을 취하면서 프로그램 일정을 하나하나 따라갔어요. **당신에게 맞는 성공시스템을 찾아서 행동의 양을 늘려보세요.**

세바시대학 4기는 7월부터 11월까지 강의를 듣고 과제를 이수했죠. 4기 때는 글쓰기 전공 FT로 선발되었어요. 전공 클럽의 리더가 되어서 조원들의 글 쓰는 습관을 잡아주고 책 쓰는데 도움을 줬어요. 개인적으로 전공을 이수하면서 본격적으로 단독저서 출판을 준비했어요. 같은 목표를 가진 사람들과 함께 성장하니까 큰 힘이 되었어요. 중간 과정을 공유하고 서로에게 피드백을 주고받으니까 도움이 컸어요.

두 번째, 책을 쓰면서도 시스템의 중요성을 알게 되었죠. 8월 18일부터 이 책을 혼자 쓰기 시작하고, 9월 초부터 지인옥 작가님의 힐링홈 전자책 과정에 들어갔어요. 책은 저의 컨디션이나 외부 환경에 따라서 글 쓰는 분량이 일정하지가 않아요. 그런 반면에, 전자책은 동기들과 진도를 맞춰서 쓰다보니까 어떻게 해서든 프로그램 일정대로 출간했어요. 전문가의 도움을 받고 함께하는 동기가 있어서 집필도 비교적 쉬웠어요. 종이책은 저 스스로가 감독자가 되어서 작업 기간이 비교적 긴 편이죠.

세 번째 사례는 성공일지 챌린지입니다. 지난 7월 말, 성공일지 챌린지를 해달라는 요청을 받고 12명으로 프로그램을 시작했어요. 혼자 쓰던 성공일지를 서로 응원하면서 함께 썼어요. 진행하던 챌린지를 보고 문의하는 분들도 있었죠. 추가적으로, 습관을 유지하고 싶어 하는 사람들에게 강의를 했어요. 일주일 만에, 성공일지를 같이 쓰게 된 사람이 스무 명으로 늘어났죠. 사람들이 지속적으로 습관을 지키게 된다고 만족해하셨어요. 그분들이 남긴 후기들을 모아봤어요.

"도저히 시간이 안 되는 날에는 그날 행동했던 아주 작은 일도 성공이라고 생각하고 나를 칭찬해줬어요. 그게 쌓이고 쌓여 30일이 된 오늘, 저를 바라보니 그때보다 훨씬 긍정적으로 바뀌었어요."

"성공일지 챌린지 도전은 저에게 환경설정을 제대로 해주었습니다. 나 스스로를 궁지에 몰아넣는 최고의 방법은? 성공일지를 작성하는 것이다. 나 스스로를 믿는 사람이 되어가고 있습니다. 작은 성공들이 모여 오늘의 제가 되었습니다."

"열흘 쯤 지나자 힘들다는 생각이 점차 없어지기 시작하고 내 그릇을 키우고 있다는 생각이 들었다. 어떻게 그 그릇을 키우는지 잘 몰랐는데 성공일지를 통해서 확실하게 알게 되었다."

"나를 점검하고 앞으로 나아가게 하고 작은 성취에도 기뻐하고요. 그러면서 나를 토닥거리며 사랑하고요. 온 국민이 다했으면 좋겠어요."

'성공일지' 도구를 잘 활용하면 습관을 지키는 것이 훨씬 쉬워요. 당신도 적극적으로 자신만의 성공시스템을 찾아보세요.

저는 세바시대학 시스템에 들어가서 다양한 분야의 사람들과 소통했어요. 유익한 강의와 과제를 이수하면서 지속적으로 성장하고 있어요. 전자책 과정에 들어가서 책의 콘셉트를 동기들에게 피드백도 받고 일정에 맞춰서 따라가니까 추진력이 생겼죠. 마지막으로, 성공일지 챌린지에 진행하면서 다른 사람들의 성공을 도왔어요. 서로가 잘하고 있는지 지켜보고 인증하니까 습관을 유지하는 확률이 확연하게 높아졌어요. 참여자의 90% 이상이 완주했어요.

성공일지를 널리 알리고 효과적으로 피드백을 해드리기 위해서 <성공디자이너> 네이버카페를 만들었어요. 매일매일 성공습관을 자리 잡는 노하우와 글쓰기, 책 쓰기, 동기부여 관련 자료를 올리고 있어요. 사람들의 성공을 디자인해드리는 성공시스템을 제공하기로 했어요. 타인을 위해 나눠줄 수 있는 가치를 생각하면 나만의 콘텐츠가 생긴답니다.

성공하고 싶다면, '성공시스템'에서 끊임없이 행동하세요.

체계적인 프로그램을 만나면,

누구나 탁월한 성과를 올릴 수 있다.

성공하기 전 해야 하는 행동 7.
성공시스템

1. 원하는 습관을 잘 지키고 있나요?

2. 당신과 함께할 성공시스템을 선택하세요.

3. 성공시스템에서 당신이 얻고 싶은 것 세 가지를 적어보세요.

8. 열정과 끈기가 만나려면

대학교 1학년 때, 교수님과 면담을 했어요. 저의 이야기를 듣고 교수님이 하신 말씀이.

"너의 가슴에는 뜨거운 열정이 느껴진다."

안타깝지만 '과거의 저'는 열정은 넘쳤으나 오래가지 못했어요. 성공한 사람은 열정에 끈기가 더해져서 끝까지 포기하지 않고 노력해요. **'열정적인 끈기'를 가진 사람만이 뛰어난 성과를 만들어내죠.** 지극히 당연한 이야기인가요? 매일 성공일지를 쓰면서 저의 열정과 끈기를 단단하게 연결해줬어요. 성공일지에 작은 성과를 기록하니까 성취감을 느끼고요. 성장과정에서 점점 끈기를 길렀어요. 성공하는 하루가 일주일이 되고, 한 달, 두 달이 지나가면서 자신감이 생겼어요.

열정은 어떻게 만들까요? 인간은 좋아하는 일을 할 때 열중하는 마음이 생겨요. 저는 주로 혼자서 책을 보거나 글을 써요. 평소에 작업을 시작하면, 한두 시간은 후딱 지나갈 때가 많아요. 누구나 관심 있고 재미있는 일에는 집중하게 되죠. 중요한 점은 원하는 것을 찾아야 해요. **성공한 사람들은 정확하게 자신이 무엇을 원하는지 알아요. 스스로에게 끊임없이 질문하죠.**

"내가 진짜 원하는 것이 무엇일까?"

이 질문에 대답을 찾는 과정에서 모든 선택과 행동의 방향을 결정해요. 끈기가 생기려면 어떻게 해야 할까요? 첫 번째, 목표를 계속 상기시켜 주는 환경을 만드세요. 저는 드림보드를 방에 두고 청소하거나 옷을 갈아입을 때 오고 가면서 수시로 쳐다봐요. 낮잠을 자거나 사람들을 만나고 싶다가도 드림보드를 떠올리면서 중요한 일에 열중해요. 나만의 알람을 맞추고 생활해요. 흔히, 엔젤 넘버라고 불리는 오전11시 11분, 오후3시 33분에 알람을 설정했어요. '천재작가, 동기부여 강연자'라는 문구와 함께 수시로 알람이 울리죠. 다른 행동을 하려다가도 재빠르게 생산모드로 전환하게 된답니다.

두 번째, 스스로에게 보상을 줘요. 예를 들어, 당신이 해야 하는 일이 '독서'라고 해요. 원하는 것은 '인스타그램을 구경'하는 거예요. 그렇다면, SNS를 빨리 보기위해서 독서에 더 집중해서 마무리 지어요. 핵심은 먼저 해야 할 일을 하고, 그 다음에 당신이 하고 싶었던 일을 하는 거예요. 게임, 음악 듣기 등 본인이 좋아하는 활동을 활용해서 끈기를 길러보세요. 저는 '나만의 시간'을 가지고 싶으니까 평소보다 중요한 일에 더 몰입해요. 혹시 이 광구문구를 기억하나요?

"열심히 일한 당신 떠나라."

문장이 참 멋지죠. 열정을 쏟아 부은 다음에 보상을 주는 거예요. 운동과 식단을 통해서 어느 정도 체중이 빠지면요. 그토록 입고 싶었던 옷을 미리 사는 것도 동기를 부여해요. 더 예쁜 옷을 입기 위해서 자기관리를 하게 된답니다. 열정만 가지고는 최고의 자리에 오를 수가 없어요. **반드시 '열정적인 끈기'를 가지고 있어야만 원하는 꿈을 이룰 수가 있죠. 끈기를 기르기 위해서 목표를 계속 상기하고 자신이 좋아하는 것을 하면서 보상해주세요.**

'과거에 저'는 단순히 어른이 되어서 돈을 많이 벌고 싶었어요. '현재의 저'는 병원 로비에 있는 고액 기부자 명단을 보고 성공하기로 결심했죠. 한 번 사는 인생 제대로 멋지게 살고 싶어졌죠. 더 나아가서 다른 사람과 함께 잘 살고 싶은 마음이 들었어요. 사회에 선한 영향력을 끼치고 싶으니까 행동하는 사람이 되었어요. 당신의 가슴을 뛰게 하는 꿈을 찾아요. 잠자다가도 알람 없이 당신을 벌떡 일어나게 만드는 그런 꿈이요.

아기가 퇴원하고 정기기부도 시작하고, 매일 적은 금액이라도 다양한 기관에 기부하고 있어요. 지난 시간에 코로나, 감기로 온 가족이 아프거나 방학, 명절 등 변수가 수도 없이 생겼어요. 더 큰 금액을 기부하고 싶어서 아무리 피곤해도 밤새도록 책을 쓰고 강의를 준비해요. **행동의 양을 최대한 늘려서 실천하니까 나만이 나눠줄 수 있는 가치가 눈에 보였어요.** 사람들에게 꿈을 찾아주고, 습관을 지속적으로 지키는 도구를 통해서 성공을 도와주는 거예요. <성공 디자인 3단계>는 글쓰기, 습관 코치, 성공일지프로그램을 만들었어요.

"꿈을 부르는 글쓰기를 함께 합니다.

그 꿈을 이루게 하는 습관을 코치해드립니다.

그 습관을 지속하게 하는 성공일지를 알려드립니다.

당신의 성공을 디자인해드립니다."

성공디자이너로 활동하고 경험이 쌓일수록 아이디어가 떠올랐어요. 사람들의 문제를 해결해줄 수 있는 구체적인 방법을 알게 되었어요. 예전에 저도 재능 기부를 하고 싶었는데 마땅히 무엇을 나눠줄 수 있을지 몰랐거든요. 지금은 제가 경험한 것을 바탕으로 공유할 수 있는 가치가 생겼어요. 주3회 이상 강의나 이벤트를 통해서 알게 된 분들에게 무료로 코치하고 있어요. **제가 사회에 더 큰 영향력을 끼치려면 뛰어난 실력을 갖춰야겠죠. 선한 생각이 저를 끊임없이 움직이게 한답니다.**

열정과 끈기가 만난다면, 당신은 더 빨리, 더 많은 일들을 이루어 낼 수 있어요. 단 한 권의 책을 읽고 4개월 만에 공공도서관에서 강연하는 기회를 만들었어요.

당신이 간절하게 성취하고 싶은 것은 무엇인가요? 당신만이 할 수 있는 행동은 무엇인가요? 다른 사람에게 어떤 도움을 줄 수 있나요? 질문에 대한 답을 적어보세요. 당신의 열정적인 끈기를 이끌어내는 단 한 가지를 찾아서 몰입하세요.

열정이 끈기를 만나면 기적을 만듭니다.

당신은 이타심을 바탕으로 목표를 설정해야 한다.

성공하기 전 해야 하는 행동 8.
이타심

1. 당신이 간절하게 성취하고 싶은 것은 무엇인가요?

2. 당신만이 할 수 있는 행동은 무엇인가요?

3. 다른 사람에게 어떤 도움을 줄 수 있나요?

Chapter4.

성공일지를 쓰고

성공하는 하루가 습관이 되다

<성공일지 쓸 때 기억해야 하는 점>

1. 자신감이 차오르는 내용을 적어라

* 성공하루 도구 3

자신감은 어디에서 나오는 걸까요?

유튜브에서 재테크와 관련된 영상을 보다가 운명의 책을 만나요. 서른 살에 경제적 자유를 얻은 보도 섀퍼가 쓴 책<돈>이에요. 인생을 설계하고 부자가 되는 방법을 상세하게 알려줘요. 기적을 꼭 불러일으키기 위해 꼭 해야 하는 행동 네 가지를 소개하는 부분이 가장 기억에 남아요. 그 중에서 저의 인생을 송두리째 변화시킨 습관이 '성공일지'에요. 제일 중요한 성공하루 도구의 세 번째인 성공일지를 알아볼까요?

2021.12.21.

제가 <웰씽킹>을 읽고 딱 변한 날이에요. 이때, 저는 11개월, 4살인 두 아이를 키우면서 집안일을 하던 가정주부였죠. 첫 책을 읽고, 50일 지나서 성공일지를 만났어요. 보도 섀퍼가 기적을 만들기 위해서 매일 자기만의 성공일지를 쓰라고 해요. 저는 무엇부터 해야 할지 몰라서 책에서 저자가 하라는 대로 따라했어요. 약 1년 동안, 저는 매일매일 성공일지를 적고 인증하고 있어요. 반 년 만에, 성공디자이너 대표, 작가, 강연자가 되었어요. 제가 쓴 성공일지를 보면서 구체적으로 적는 방법을 설명해드릴게요.

Olivia's 성공일지 Day. 372　　　　<2023.02.14>

1. 글쓰기 - 만일스토리 #35 책은 누구나 쓸 수 있다
　　　　& 만일시작 #25 마음의문 총 1시간

2. 독서 - 이야기의 핵심 및 노인과 바다 총 30분

3. 운동 - 걷기 및 스트레칭 총 1시간

4. 집안일 및 육아 총 6시간

5. 영어 10분 - I'm really into you.

6. 장애예술인의 창작 활동을 지원하는데 기부함

7. 글쓰기 및 출간 관련 강의 듣기 총 30분

8. 네이버카페 성공디자이너 습관 자료 올리기 총 30분

9. 교정 * 교열 작업 및 원고 등록 진행 총 3시간

10. 성공일지 챌린지 프로그램 이용권 업데이트 총 2시간

11. 글쓰기 및 성공일지 코칭 총 1시간

12. 세바시대학 교양 수업 및 출간 강의 듣기 총 30분

13. 와! 작가님 대박! 축하드려요. 작가님의 선한 영향력이
    필요한 곳에 물 흐르듯 퍼져가네요. 그저 멋져요.

맨 위에는 당신의 이름과 오늘 날짜와 성공일지가 며칠 차인지 이 형식으로(Day.1) 기재하세요. 그 다음, **하루 동안 당신이 올린 작은 성과, 다른 사람에게 들은 칭찬, 카톡, 댓글 등을 기록해요.** 자신이 이루어낸 결실을 기록하면 자신감이 차올라요. 인간은 어릴 때부터 부정적인 표현이 담긴 "그것 만지지마. 뛰지 마."등의 말을 많이 듣고 자라요. **인간은 의식적으로 긍정적인 경험을 기억해줘야 해요. 바로 성공일지가 그 역할을 하는 거죠.**

처음에 저는 성공일지를 매일 글 쓰는 노트 위에 두세 줄 정도로 짧게 기록했어요. 꿈을 이루는 데 필요한 행동을 한 것을 위주로 적었죠. 그날 참여한 수업이나 어떤 책을 읽고 무슨 주제로 글을 썼는지 메모했어요. **잠자기 전에 성과들을 정리하고 자면 성취감을 느끼니까 끈기가 생기더라고요.**

누구나 막상 성과를 적으려고 하면 무엇을 적어야 할지 몰라서 막막할 수 있거든요. 아주 사소한 것이라도 하루 동안 올린 작은 성과를 적어보세요. 요리를 맛있게 했거나 약속을 잘 지킨 것도 모두 적어요. 봄에 아이들을 등원시키고 혼자 집으로 오는 길이었어요. 엘리베이터의 문이 그날따라 쓰윽 열리더니 운명처럼 공고문 하나가 눈에 딱 들어왔어요.

<도서관에서 책을 빌려보듯, 책 대신 다양한 경험과 지식을 가진 여러 분야의 사람들을 '사람책? 휴먼라이브러리'로 등록! 사람이 책이 되어 자신의 경험과 지혜를 직접 마주 앉아 대화로 공유하는 새로운 개념의 평생학습 서비스입니다.>

저의 성장스토리를 통해서 다른 사람에게 용기를 전달하고 싶어서 지원했어요. 열흘 뒤에 담당자로부터 면접을 보자는 연락이 왔어요. 행동하는 사람이 된지 5개월 만에, 부산광역시 북구청에 제 이야기가 등록되었죠. 이를 계기로 공공도서관에서 습관을 유지하는 방법, 성공일지에 관해서 강의했어요. 어릴 적부터 꿈꿔오던 일을 예상보다 빨리 이룰 수 있었던 비결은요. 단연코 성공일지라고 자신 있게 말할 수 있어요.

성공하려면 좋은 습관으로 하루를 채워야 하죠. 그러면 성공 습관은 저절로 형성되나요? 아니요.

습관 형성에는 가장 중요한 것은 반복으로 횟수를 늘리는 것이에요. **특정한 행동이 습관이 되도록 자동화를 만드는 거죠. 당신이 원하는 행동을 아주 쉽게 만들어야 해요.** 그 결과에 대한 보상과 재미를 느끼면 좋아요. 성공일지를 쓰고 작은 성과라도 기록함으로써 포장지에 예쁘게 보관하는 거죠. 사람은 나중에 올 보상은 멀게 느껴져서 당장 본인이 성취감을 느껴야 하거든요. 성공일지를 쓰고 당신이 이룬 성과를 바로바로 확인하는 것이죠.

지금은 기록할 때 중요한 일을 하는데 투자한 시간도 함께 써요. 얼마나 성공과 관련된 일에 시간을 밀도 있게 썼는지 파악할 수 있어요. 성공일지에 영어 공부한 문장 중에서 기억하고 싶은 표현을 적어둬요. 성공일지를 볼 때 한 번 더 상기시켜주는 효과가 있어요. 그 외에도 세바시대학 전공 클럽 모임이나 회의 등 그날의 특별한 성과도 적어요. 무엇보다 엄마로서 집안일 및 육아에 참여한 시간도 기록해요. 일과 가정의 균형을 잘 맞추고 있는지 점검해요.

매일 하루에 올린 작은 성과를 기록하시는 것이 중요하답니다. 제가 성공일지를 쓰는 기간이 길어질수록 적을 내용이 점점 많아졌어요. 꿈을 이루는데 어떤 행동을 해야 할지가 명확하게 보였죠. '성장과정' 자체를 즐기면서 행동을 지속하게 돼요. **성공일지가 자신감을 올리는데 최고의 방법이에요. 성공을 쉽게 만드니까 자기 확신이 들어요. 일단, 행동하세요.**

성공일지 쓸 때 기억해야 하는 점1.

작은 성과

1. 오늘 하루 올린 작은 성과를 세 가지를 적어보세요.

2. 성공일지를 쓰고 자리 잡고 싶은 습관은 무엇인가요?

3. 3개월, 1년 후에도 계속 지키고 싶은 성공습관이 있나요?

2. 자존감을 채워주는 메시지를 담아라

　세상에는 뛰어나게 예쁘거나 잘생기지 않아도 그 사람 자체로 빛나요. 자신감이 넘치고 자존감이 높아서 남들의 평가에 쉽게 흔들리지 않아요. 자신을 사랑하는 마음이 커서 그런 거겠죠. 사, 우리도 자신감이 생겼다면, 이제는 자존감을 채워야겠죠? 자존감의 의미는 스스로 품위를 지키고 사기를 존중하는 마음이에요. 자존감을 키우기 위해서 성공일지를 쓰는 것이 도움이 되더라고요. 보통 사람들은 상처가 되는 말을 곱씹는 경향이 있어요.

　'왜 그 사람은 나에게 저런 나쁜 말을 하지?'

자꾸 이런 생각을 하면 우울해지기 십상입니다. 당신은 성공하고 원하는 것을 끌어당기기 위해서 지금 이 순간 행복해야 하잖아요. **다른 사람들에게 들은 말 중에서도 긍정적인 말을 기록하는 거죠.** 잠자기 전에 칭찬, 댓글, 메시지들을 한 번 더 적으면서 읽으니까요. 한층 더 나를 소중하게 대하고, 지금 이대로도 충분하다는 생각이 들었어요. 자연스럽게 저 자신을 더 사랑하게 되었죠. 만약에 다른 사람들에게 들은 칭찬이 없을 수도 있고요. 어떤 날에는 딱히 적을 댓글이나 메시지 내용이 없을 수도 있어요. 그럴 때는 각오나 셀프칭찬을 적어 보는 것은 어떠세요?

'내일 나는 강의를 잘 할 수 있어.'

'이미 세계적인 천재작가야. 지금도 충분히 잘하고 있어.'

저를 다독이면서 용기를 불어넣어주는 말을 하는 거죠. 실제로 저는 힘이 나고 동기부여가 되었어요. 사람이 계속해서 좋은 습관을 유지하게 되는 과정을 살펴보면요.

즉각적인 보상이 있으면 좋아요. 스스로에게 오늘 하루도 성공했다는 것을 각인 시켜주는 것이 중요해요. 성공일지를 쓰고 인증하면서 지속적으로 성취감을 느끼게 해주는 거죠. 자존감이 올라가면, 저를 사랑하게 되니까 더 열심히 하고 싶어지죠. 제가 소중해지만큼 더 성공하기 위해서 실력을 닦아야 하니까요. 처음에는 성공일지 챌린지에 참여하신 대다수가 반신반의했어요.

'이걸 쓴다고 뭐가 달라질까? 내가 끝까지 성공일지를 쓸 수 있을까?'

그래도 일단 해보기로 마음먹고 시작해요. 오리엔테이션에서 작가님이 아이 둘을 키우면서 책도 쓰고 어떻게 하루를 보내는지 말해줘요. 그러면서 조금 전까지 핑계를 대던 사람들이 도저히 핑계를 댈 수 없겠다고 하면서 도전해요.

성공일지를 쓴 분들이 공통적으로 말하시는 장점이 세 가지 있어요. **첫째, 성과를 즉각적으로 확인하니까 생산성이 높아져요.** 모두가 성공일지를 적고 이전 보다 더 많은 일을 할 수 있게 되었죠. 가끔은 피곤해서 건너뛰고 싶은 날도 있지만, 성공일지를 적으면 중요한 일을 안 할 수가 없거든요. 성공일지에 한 줄이라도 더 적기 위해서 습관을 지키게 되죠. 중요한 일을 10분만 하려다가도 30분, 1시간을 더 실천하고 기록했어요.

두 번째, 자신을 더 사랑하게 되었죠. 도저히 시간이 안 되는 날도 아주 작은 것이라도 실천해요. 그것을 바탕으로 스스로를 아낌없이 칭찬해줘요. 성공한 하루가 쌓이고 쌓여서 한 달이 되고 백일이 되면요. 당신에게도 훨씬 큰 변화가 올 거예요. 처음보다 자신을 바라보는 시각이 긍정적으로 바뀌거든요. 자신을 응원하는 내용을 반복적으로 보면서 자존감이 확확 올라가죠. 사람들에게 인정받으니까 제가 자랑스러워졌어요.

끝으로, 성공하는 하루의 힘을 깨닫게 되죠. 저는 평생 성공일지를 통해서 소중한 삶을 기록하고 싶어요. 왜냐하면 성공일지 덕분에 하루하루가 행복하기 때문이죠. 성공일지는 어떤 결과물이 나와야 성공이 아니라 쓰는 '과정'이 성공이라는 것을 알게 해줘요. 성공일지를 쓰려고 졸린 눈을 비비고 일과를 마무리했던 하루하루가 쌓여 자신에 대한 신뢰가 높아졌어요. 이러한 이유들이 모여서 당신의 자존감을 더 높여줘요.

성공일지 챌린지 1기는 30일 과정이었어요. 챌린지가 끝난 후에도 몇 분은 성공일지를 계속 쓰겠다고 하셨어요. 아주 놀라운 일이였어요. 한 분은 오리엔테이션 때와 달리 종강회의에서 표정과 목소리가 한층 밝아졌더라고요. 안 그래도 최근에 주변에서도 "요즘 연애해?"라는 질문을 많이 받았다고 했어요.

다른 분은 2년 정도 지인들에게 상처받고 집에만 있었대요. 성공일지를 만나고 다시 용기를 가지고 일도 시작했어요. 사람들이 원하는 모습으로 변하는 것을 보니까 뿌듯했어요. 누군가에게 영감을 주고 변화를 불러일으킨다는 것, 이것도 하나의 선한 영향력이 아닐까요.

인생에서 매순간 선택하는 과정 하나하나에 자존감은 크게 영향을 끼쳐요. 어릴 적부터, 부모님에게 전폭적인 지지를 받은 사람은 어려운 상황에서도 자신이 잘 될 것이라고 믿어요. 그래서 어떤 결정을 내리는 속도가 비교적 빠르죠. 이와 같이, 성공일지를 쓴 사람들도 자존감이 높아지니까 과거보다 도전적인 삶을 살게 되죠. 챌린지 이후, 한 분은 연말에 달성해야하는 영업실적목표를 더 높게 수정했다고 공유해주셨어요. 저 또한 성공일지를 쓰고 나서 마음속으로.

'이번에는 내가 원하는 바를 다 성취할 수 있겠구나.'

당신도 이런 느낌이 들도록 성공일지에 자존감을 채워주는 메시지를 꼭 담아보세요. 칭찬과 메시지를 적는 행동이 또한 초인적인 에너지를 만들어요. 성과는 바로 눈앞에 드러나지 않아서 누구나 불안해요.

하지만 자기만의 성공일지를 쓰면요. 매일 1%라도 성장하고 앞으로 나아가는 삶을 살게 하죠. 결국 당신은 목표를 이룰 수가 있어요. 어제보다 오늘 조금이라도 더 발전한다고 자신을 믿어 봐요.

천천히 갈 수는 있어도 멈춰서는 안 된다.

그저 묵묵하게 한발 한발 내딛기를.

분명히 성공일지가 당신을 이끌어 줄 겁니다.

성공일지 쓸 때 기억해야 하는 점2.

따뜻한 메시지

1. 최근에 들은 칭찬 중 가장 기억에 남는 것이 무엇인가요?

2. 사람들에게 듣고 싶은 칭찬은 무엇인가요?

3. 그 말을 듣기 위해서 당신이 할 수 있는 일을 하세요.

3. 당신은 선한 영향력을 끼치고 있는가?

"너희들은 살다가 좋은 일이 생기거나 축하받을 일이 생기면 사람들에게 먹을 것을 나눠줘. 그렇게 해야 너희에게 다시 그 복이 돌아온단다."

예전에 존경하던 영어 학원 원장선생님이 하신 말씀이세요. 돌이켜보면, 그분의 가르침이 얼마나 깊었는지 알겠더라고요. 돈과 관련된 책을 보면, 실제로 부자들이 기부하고 돈이 더 들어온다고 해요. 돈을 올바르게 쓰고 현금흐름을 원활하게 하는 방법이기 때문이죠. 이쯤에서 우리는 또 한 번 선조들의 지혜를 엿볼 수 있죠. 옛날에는 먹을 것이 부족해서 부자들이 가난

한 사람들에게 먹을 것을 나눠주는 풍습도 있었어요. 요즘에도 돌, 결혼이나 시험에 합격하면 지인들에게 떡을 돌리기도 하죠.

최근에 당신은 기부한 경험이 있나요?

기부는 크게 두 가지로 나뉘어요. 첫 번째, 금전적으로 직접 도움 주는 기부가 있어요. 두 번째, 자신의 재능을 기부하는 방식이 있죠. 두 가지 방법 중에 자신의 상황에 맞춰서 선택하면 돼요. 책에서 당장 기부를 시작하라는 부분을 읽고 바로 정기 기부를 신청했죠. 지역 장애우 기관에 기부한지도 벌써 일 년이 지났어요. 한 곳에 관심을 가지고 기부하니까 점점 더 큰 금액을 기부하고 싶어졌어요. 행동한지 1주년기념으로 '해비타트'라는 독립운동가 후손의 주거 지원하는 단체에 정기기부도 추가했어요.

혹시 네이버에서 운영하는 '해피빈'을 아시나요? 네이버 블로그에 글을 쓰면 현금처럼 사용 할 수 있는 콩 백 원을 줘요. 이 콩으로 해피빈에서 진행되고 있는 여러 기부 프로젝트에 기부할 수 있어요. 당신도 마음이 가는 단체나 복지관에 기부해 봐요. 또는 어플 '카카오톡'에서 친구 검색으로 '카카오같이가치' 채널을 찾아서 추가해요. <같이기부>에서 진행되는 기부 프로젝트 게시물을 공유만 해도 카카오에서 대신 기부를 해줘요. 해당 글 밑에 있는 '응원' 버튼을 누르거나 댓글을 달아도 카카오에서 기부를 대신 해주는 시스템이에요.

작은 행동들이 모이면, 어느새 제법 큰 금액을 기부했더라고요. 1년 동안, 제가 조금씩 기부한 금액이 약 30만원이에요. 한번에 큰돈을 기부하려고 하면 망설여질 수도 있어요. 하지만 기부자체가 습관이 되도록 부담되지 않는 금액으로 실천해보세요. 세상에서 기부랑 봉사활동만큼 뿌듯한 일이 없어요. 사람은 누구나 다른 사람을 도와주고 싶어 해요. 당신도 '해피빈'이나 '카카오같이가치'를 활용해서 가볍게 기부를 시작해 봐요.

두 번째, 선한영향력을 끼치는 방법은 재능기부에요. 성공일지를 쓰기 전부터, 저는 텔레비전을 보고 재능을 기부하는 사람이 되고 싶었어요. 미용사는 시골에서 어르신이나 몸이 불편하신 분을 찾아가서 머리를 잘라주잖아요. 의사나 변호사들은 도움이 필요한 사람들에게 무료로 치료해주거나 변호해주시고요. 이것만큼 세상에서 멋지고 가치 있는 일이 있을까요? 그런데 저는 무엇이든 끝을 못 내던 사람이니까 딱히 재능기부 할 것이 없더라고요. 올해, 행동하는 사람이 되니까, 제가 나눠줄 수 있는 것이 보였죠.

저의 성공일지를 보고, 여러분께서 행동력을 키울 수 있는 방법을 물어보셨어요. 성공일지를 알려주는 강의와 코치하게 되었어요. 필수해시태그를 직접 검색해서 그 분들의 성공일지를 봐 드리고요. 수시로 도움이 필요한 사람들에게 1대1로 코치해드렸어요. 저의 상세한 피드백덕분에 성공습관을 지킬 수 있었다고 선물을 보내주신 분들도 있었어요. 누군가에게 도움을 줄 수 있다는 것만으로도 저도 힘이 났어요.

어려운 이웃을 찾아가서 도와주는 봉사활동도 있죠. 누군가를 금전적으로 도와주거나 봉사하면 자신이 가장 행복한 법이죠. 선행을 반복하다보면 결국 제가 더 배우고 긍정적으로 변한다는 것을 알게 된답니다. 어릴 적부터 저는 엄마를 따라서 복지관에서 봉사활동을 자주 했어요. 학교에서 정해준 봉사시간을 다 채우고도 자발적으로 계속 봉사했어요. 언어치료를 받는 아동의 학습 자료를 만드는 것이나 노인무료급식 도우미로 활동했죠. 다른 사람들을 도우면서 협력하는 방법을 배우고 나눔의 가치를 실현했어요.

대학교를 졸업하기 전까지, 2년 동안 다문화가정의 아이들에게 영어를 가르치는 봉사활동을 했어요. 수업을 준비하면서 제가 더 영어 공부를 열심히 하게 되었죠. 아이들에게 개념을 쉽게 설명하기 위해서 연구하게 되었어요. 남을 돕는 과정을 통해서 저의 실력도 올라갔죠. 일주일에 한 번씩 아이들을 만나러 가는 시간이 기다려졌어요. 당신도 지역 시설에 가서 봉사활동을 하거나 동아리에 가입해보는 것도 좋아요.

세바시대학에서 글쓰기 전공 FT(학습조력자)를 맡았어요. 글쓰기 습관을 잡아주면서 성공일지도 함께 알려줬어요. 지속적으로 글 쓰는 습관을 가지는 데 도움이 되었다고 만족해하셨어요. 선한 마음으로 시작한 행동들이 저에게 팬들도 생겼어요.

아직까지도 좋은 인연을 이어나가고 있죠. 하루는 세 명을 코치하는 날도 있어요. 틈틈이 코치하면서 그분들의 장점은 저의 것으로 흡수해요. 바쁜 와중에도 성공일지를 꾸준하게 쓰는 사람들을 보고 저 또한 자극을 받게 되더라고요.

저에게 매일 기부하는 방법에 관해서 물어보는 분들도 있었어요. 제 인스타그램 이벤트에 당첨돼서 성공일지를 쓰는 크리스탈 님이.

"소정님 성공일지 보니까 저도 기부하고 싶은 마음이 생기네요. 정보 주신 덕분에 매일매일 기부할 수 있을 것 같아요. 진심으로 감사드려요."

선한 영향력을 끼치는 사람이 되고 싶으신가요? 그렇다면, 당장 기부나 봉사활동을 시작해 봐요. 돈을 가치 있게 사용하고 부와 운을 끌어당길 수 있어요. 정기적인 기부를 한 후에 원하는 꿈을 이루고 새로운 수입원이 생겼죠. 처음 다짐한대로, 둘째가 입원했던 대학병원에 고액을 기부하고 벽면에 제 이름을 새기고 싶어요. 그 순간을 하루라도 더 앞당기기 위해서, 오늘 하루도 성공습관으로 채우고 있어요.

우리 함께 해요.

성공일지 쓸 때 기억해야 하는 점3.

선한 영향력

1. 3개월 안에 어떤 재능기부를 하실 수 있나요?

2. 하루에 한 명 당신의 도움을 필요한 사람을 도와주세요.

3. 주변 사람을 도와주고 배운 점을 적어보세요.

4. 오늘 네가 한 일을 알고 있다

좋은 습관을 지속하게 하는 것이 성공일지라고 하면요. **성공
일지를 꾸준하게 만드는 것은 인스타그램에 인증하기예요. 이
것을 실천한다면, 당신이 원하는 습관은 무엇이든지 장착할 수
있어요.** 성공일지를 공유해야 하니까 어떻게 해서든 그날 해야
할 일을 다 마무리하고 자게 되었어요. 시간이 지날수록 성공
일지에 적을 내용도 점점 많아졌죠.

성공일지를 쓰고 인증하는 방법은 두 가지가 있어요. 네이버
카페 성공디자이너에 가입하고 성공일지챌린지 폴더에 성공일
지를 올려요. 다른 사람들이 쓴 성공일지가 한데 모여 있어서

보기가 편해요.

두 번째는 본인의 인스타그램에 성공일지를 올려보세요. 아래 필수해시태그를 하고 성공디자이너 @brand.j_olivia 소환하세요. 제가 해시태그를 검색하고 수시로 피드백 해드려요.

＊필수해시태그 3가지

#성공일지챌린지 #성공일지본인이름 #성공디자이너조소정

당신의 셀프브랜딩을 위해서 인스타그램 인증도 함께 진행하는 것을 추천해요. 인스타그램은 사진과 짧은 글을 올리는 형식이잖아요. 성공일지는 카드뉴스 형식으로 만들면, 게시물을 올릴 때 보기가 깔끔해요. 이때, '글그램' 어플을 사용해 보세요. 먼저, 배경색깔을 선택하고 글씨체나 글씨 크기 등 자신의 스타일대로 설정해요. 성공일지를 적고 사진 파일로 저장해서 인스타그램에 올리기도 쉬워요. 성공일지를 쓴 지 열흘 만에 자신에 대한 강한 믿음이 생기면서 좋은 습관을 유지하게 되었어요.

요새 인스타그램을 보면 너도나도 비싸 보이는 곳에서 식사하거나 아름다운 여행지에 간 사진을 올리죠. 혹은 고급 아파트나 숙소에서 지내는 모습을 찍어요. 명품이나 외제차도 은근슬쩍 알아 볼 수 있게 올리죠. 누구나 본능적으로 타인에게 잘 나가는 모습, 행복한 모습만 보여주고 싶어 해요. 한 번, 저는 과시하고 싶은 욕구와 끌어당김의 법칙을 함께 활용해 봤어요. 작년 연말부터, 이미 작가가 되었다고 믿고 행동했어요. 만나는 사람들에게 저를 작가라고 소개했죠. 허세가 아닌 진짜 그런 사람이 되기 위해서 매일 글을 썼어요. 6개월 후, 공동저자로 책을 내게 되었어요.

남들에게 멋져 보이고 싶은 마음을 성장과정에서 원동력으로 사용했죠. 성공일지를 쓰고 반드시 해야 하는 행동이 바로 인증이에요. 성공일지를 혼자 쓰고 공유를 안 하면, 아무래도 피곤하면 하루쯤 습관을 빼먹고 자고 싶거든요. 그럴 때마다, 저를 팔로우한 사람 중에 누군가는 보고 있을 거라는 생각이 들었어요. 무슨 일이 있어도 저와의 약속을 지키게 되었죠. 올해 초에 있었던 일이 떠오르네요.

밤 10시쯤, 아이들을 재우다가 저도 모르게 스르륵 같이 잠들었어요. 하루 종일 집안일과 육아로 이미 지쳐있었죠. 하지만, 미처 다하지 못한 일이 남아있으면 알람이 울리기도 전에 저절로 깼어요. 어릴 때부터, 제가 한번 잠들면 누가 업어 가도 모를 정도로 깊게 자는 사람이었어요. 그런데 간절하게 이루고 싶은 목표가 생기니까요. 새벽 한 시가 되면, 저절로 눈이 떠졌어요. 저는 다시 정신을 가다듬고 작가로 출근했어요. 그렇게 해서라도 나만의 시간을 확보하지 않으면, 혼자 집중할 수 있는 시간이 없었죠.

그러던 중에 둘째를 어린이집에 보내야겠다고 마음먹은 계기가 있었어요. 보통, 밤 열시에 잠들어서 새벽 한 시에 일어났잖아요. 하루는 제가 불안한 건지, 세 시간 동안 자면서 무려 여섯 번이나 깬 적이 있어요. 깜박하고 팍 잠들었다가 놀래서 시간을 보면 겨우 삼십분 잔거에요. 그래도 몸이 피곤하니까 다시 자다가 딱 깨서 보면 또 삼십분을 잤더라고요. 이정도로 지나친 긴장으로 깊은 수면을 못 취했어요. 지속적인 성장을 위해서 아기를 어린이집에 보내기로 결정했죠. 저를 이렇게까지 변화하게 만든 것이 성공일지에요. 저 외에도 성공일지 챌린지를 하신 분들이.

"하루는 일을 마치고 와서 피곤해서 그냥 잠들었어요. 새벽 두시에 일어나서 플랭크 1분이라도 하고 잤어요. 처음에는 이런 내가 왜 이렇게까지 하나 했지만 인증을 하니까 운동하게 되더라고요. 이렇게까지 나 자신과의 약속을 지키니까 자신감이 생기더라고요."

제가 딱 그랬거든요. 성공일지를 쓰고 인증하면서 좋은 습관들을 계속 지키게 되니까 자신감이 올라가죠. 이 과정을 거치면서 좋은 습관들을 추가했어요. 꿈을 이루는데 필요한 행동을 하나씩 늘려간 거죠. 몇몇 분들은 챌린지가 종료된 이후에는 혼자 성공일지를 계속 쓰고 싶다고 했어요. 그러면 제가 꼭 얘기하죠. 혼자서 쓰다보면 흐지부지 된다고요. 인스타그램에 계속 인증하라고요. 이런 질문을 하시는 분도 있었어요.

"매일 비슷비슷한 성공일지를 매일 올리면 다른 사람들이 싫어하지 않을까요?"

저의 대답은.

"아니요. 오히려 당신의 열정이 다른 사람들에게 선한 영향력을 끼쳐요."

저의 피드를 보고 긍정적인 자극을 받는 다고 하시는 분들이 많아요. 만약에 당신의 인스타그램과 색깔이 맞지 않는다면 성공일지 전용 계정을 만드는 것을 권해드려요. 지금까지 성공일지를 쓰고 함께 성장하는 사람의 수가 하나둘씩 늘어나고 있어요. 바쁘다는 핑계로 챌린지 이후에 성공일지를 안 쓰겠다는 분들도 계셨어요. 하지만 마지막 회의에서 인증효과를 서로 공유하면, 다시 성공일지를 계속 쓰겠다고 다짐하는 분도 있었죠.

다른 사람들에게 당신이 꾸준히 노력하는 모습을 보여주세요. 당신이라는 사람이 얼마나 끈기 있는 지를 증명하는 거죠. 무엇이든 사실을 기반으로 설명해야 설득력이 있어요. 성공일지의 내용이 짧아도 좋아요. 하루 세 줄이라도 한 번 써 봐요. 핵심은 매일 꾸준하게 성공일지를 올리는 것이에요. 당신의 성공일지를 본 사람들은.

'와~ 이 사람은 하루를 알차게 보냈네. 오늘 나는 뭐 했더라?'

이런 생각이 들면서 자신의 일상을 되돌아봐요. **당신의 성공한 하루가 다른 사람에게 좋은 영향을 끼쳐요. 오늘부터 당신만의 성공일지를 인증하세요. 아주 작은 습관을 모아서 긍정적인 경험이 쌓아 봐요.**

성공일지 쓸 때 기억해야 하는 점4.

인증

1. 인스타그램에 성공일지를 인증하기.

2. 당신의 성공일지를 보고 사람들의 첫 반응이 무엇인가요?

3. 성공일지를 인증하고 당신의 느낀 점이 무엇인가요?

5. 아침 첫 10분, 잠자기 전 10분

<노인과 바다>의 헤밍웨이는 글이 잘 써질 때 멈추고 다음 날까지 꾹 참았다가 다시 시작해요. 그는 아침마다 일어나서 전날 써놓은 글을 다시 봐요. 어제 멈추었던 이야기를 이어나 가기 때문에 글을 쓰기가 쉬워지죠. **문장에도 리듬이 있듯이 우리의 삶에도 '기운의 리듬'이라는 것이 존재해요. 하루의 마 지막 10분도 좋은 기운으로 마무리해야 하는 거죠. 내일의 힘 찬 시작을 위해서 미리 준비하는 거예요.**

헤밍웨이는 매일 아침 일찍 일어나서 정오까지 글을 쓰고, 오후에는 수영을 해요. 무라카미 하루키도 매일 새벽 5시에 일

어나 10㎞를 뛰고 매일 일정한 시간에 일정한 분량의 글을 적어요. 유명 작가들은 아침에 자신만의 루틴을 가지고 아침을 알차게 보내요.

성공한 사람들은 일어나서 아침 10분과 잠자기 전 마지막 10분을 잘 활용해요. <웰씽킹>저자 켈리 최 회장님은 아침에 일어나서 눈을 감고 원하는 하루를 미리 살아본다고 하죠. 긍정적인 에너지를 채우고 원하는 모든 것을 끌어당기는 작업을 하는 거죠. 그녀는 잠자기 전, 버리기 시각화를 통해서 하루 동안의 기억을 블랙홀에 던지면서 감정을 정리해요. 켈리 최 회장님처럼 저도 짧게 시각화하고 하루를 시작해봤어요. 신기하게도 제가 원하는 방향으로 일상이 흘러갔어요. 당신도 한 번 눈을 감고, 상상해보세요.

주로 아침에 아주 짧게라도 명상을 해요. 의식적으로 호흡이 들어가고 나가는 것을 느껴요. 호흡을 몇 번 정리하는 것만으로도 에너지가 완전히 바뀌거든요. 몸과 마음이 정돈되는 느낌이죠. 그 다음, 가볍게 세안을 마치고 아이들을 챙기죠. 이처럼 간단한 모닝루틴을 지킨 날은 하루를 보내는 에너지가 달라요. **잠자기 전, 성공일지에 적은 성과를 보면서 성취감을 느껴요. 내일 해야 할 일도 상기시켜줘요. 하루의 마지막 10분 동안 성공일지를 웃으면서 써요.**

"오늘 하루도 원하는 삶을 끌어당기기 위해서 성장하였다."

스스로를 칭찬하며 좋은 느낌을 가지고 자는 거죠. 성공일지를 쓴 이후, 저는 계속해서 무엇이든 더 잘하고 싶어졌어요. 아침마다 좋은 기운으로 맞이할 수 있게 되었어요. 무엇보다 제가 해야 할 일이 명확하게 보였어요. 행동하는 사람이 된지 한 달도 안 되었을 때, 우연히 세바시 대학 모집 공고를 보게 되었어요. 1월에는 켈리최 회장님과 드로우 앤드류의 인터뷰를 보고 퍼스널 브랜딩에 대한 방향성을 잡았어요. 인스타그램에 용기를 내서 혼자 쓰던 글을 올리기 시작했어요. **당신도 성공일지를 쓰고, 하루 마감을 잘해야겠죠?**

당신이 꿈꾸는 모습으로 성공하기 위해서 어떻게 해야 할까요? 당장, 옆에 노트를 꺼내 보세요. 당신이 가지고 싶은 것을 쭉 적어보세요. 제일 중요한 것은 그토록 바라는 일을 하는 자신의 모습을 구체적으로 상상해 봐요. 성공한 사람들이 반드시 실천하는 것이 바로 시각화예요. 저도 작가로서 성공해야겠다고 다짐하고 수시로 시각화를 했어요. 자신이 원하는 삶을 떠올리면서 만들어낸 에너지가 상상을 현실로 만들어요. 잠시 이 글을 볼까요?

<새벽 다섯 시, 해운대 바다가 내려다보이는 기실에서 명상하는 나. 긍정확언을 실천하고 오늘도 성공적으로 하루를 보내는 모습을 상상한다. 나는 곧장 서재에 가서 따뜻한 아메리카노를 마신다. 노트북을 켜고 매일 쓰는 수첩에 해야 할 일을 적어 내려간다. 다음 주, 둘째가 입원했던 대학교병원에서 기부

행사기념 초대된 강연 준비를 한다. 병원의 보호자에서 고액기부자가 된 스토리를 전한다. 그때는 아기가 완치만한다면, 무엇이든 할 수 있다고 생각했다. 사람은 똑같은 상황에서도 어떻게 대처하느냐가 중요하다.

늦은 오후, 길거리에는 크리스마스 캐럴이 울러 퍼진다. 집 근처에 있는 백화점에서 글쓰기수업을 하러 벤츠마이바흐를 타고 출근하는 발걸음이 가볍다. 사람들과 소통하며 수업을 진행하니 어느덧 해가 뉘엿뉘엿 저물었다. 사람들의 시선 끝에는 높은 구두에 샤넬 백을 든 내가 서있다. 서둘러 집으로 가니 이미 긴 식탁 위에는 내가 좋아하는 회와 핏기가 살짝 보이는 스테이크가 놓여있다. 내일 북 토크 행사하는 나를 축하하기 위해 온 가족이 모였다. 주부, 대학생을 대상으로 하는 동기부여 강의도 내년 말까지 일정이 꽉꽉 잡혀있다.

주위에서 코치해달라는 사람들도 점점 늘어난다. 책과 강의를 통해서 꿈을 이룬 과정을 공유한다. 코치받은 사람들에게 지속적인 피드백을 드리고 소통한다. 노력하다보니, 어느새 나만의 콘텐츠가 저절로 생긴 것이다. 성공일지를 통해서 사람들의 글 쓰는 습관, 성공습관을 만들어 준다. 온라인 및 오프라인으로 책 쓰는 과정도 열었다. 책을 읽고 시작한 제2의 인생, 첫 한해가 마무리되고 있다. 드림보드대로 바라던 모든 것이 진짜 이루어지고 있다. 저 높이 와인 잔을 들어 올리면서.

"나라는 꽃이 필 수 있도록 도와줘서 감사해요. 내 생애 가장 눈부신 봄날을 사랑하는 가족들과 맞이해서 행복해요.">

사실, 이것은 6월쯤, 저의 성장스토리를 바탕으로 쓴 소설의 일부분이에요. 얼마 전에 고쳐 쓰기를 하다가 깜짝 놀랐어요. 처음에는 오직 상상으로만 쓴 글이거든요. 그런데 실제로 주변에서 코치해달라는 일이 생겼어요. 작년 연말, 웰씽킹을 읽고 실천하는 사람이 된지 15일이 되던 날에 시각화하면서 뜨거운 눈물이 났어요. 진정한 시각화를 한 거죠. 저 소설에 있는 모습대로, 제가 원하는 것을 다 성취했다는 느낌을 받았어요. 순간 감격해서 눈물이 저도 모르게 막 흘렀어요. 가장 신기한 경험이었어요.

　당신도 원하는 미래를 상상하고 느껴보세요. 그것을 현실화하기 위해서 노력해요. 인간은 반복적으로 시각적 자극을 줘야 잠재의식에 목표를 정확하게 입력해요. 당신도 끊임없이 꿈과 관련된 행동들을 시작해요. 시각화는 매일 아침이나 잠자기 전에 하루 1분이라도 할 수 있어요. '된다', '안 된다'는 예단하지 말고, 원하는 모습을 그려보세요. 이미 모든 것이 실제로 이루어진 것처럼 받아들이세요. 물론, 꿈을 이루는데 필요한 행동을 반드시 실천해야죠.

　오늘보다 내일 더 빛나는 당신을 응원합니다.

성공일지 쓸 때 기억해야 하는 점5.

시각화

1. 당신의 성공을 완벽하게 믿고 받아들여보세요.

2. 아침에 눈을 뜨고 첫 10분을 어떻게 보내나요?

3. 하루를 잘 마무리하기 위해 당신만의 습관을 만드세요.

6. 슬럼프, 그게 뭐예요?

도대체 슬럼프는 왜 오는 걸까요?

인간이 번 아웃이 오기 직전까지도 무리해서 모든 에너지를 다 끌어다 썼기 때문이죠. 지난봄여름에 탈진을 두 번하고 링거를 맞았어요. 충분한 휴식도 없이 열중한 저에게 자신을 돌보라고 신이 경고를 보낸 것이라고 생각했어요. 누구나 살다가 한 번쯤은 슬럼프가 온 경험이 있죠.

일반적으로 슬럼프에 빠졌다는 것은 그만큼 우리가 노력했다는 증거잖아요. 자신의 역량보다 더 많은 에너지를 쏟아 부었기 때문에 체력적으로나 심리적으로 힘이 든 거죠. 이때, **당신**

은 슬럼프가 왔다는 사실을 긍정적으로 받아들이고 인정해요. 어차피 부정해도 힘이 든 것은 마찬가지니까요. 그 다음에 자신을 돌보는 방법을 알아봐요.

첫 4,5개월이 지나고 저에게도 슬럼프가 찾아왔어요. 희귀병에 걸린 아기를 가정보육하면서도 두 세 시간씩 쪽잠을 두 번에 걸쳐서 잤어요. 그마저도 상황이 허락 안 되면 낮잠을 못자는 경우도 종종 있었죠. 저도 아팠지만 코로나에 걸린 가족을 하루 종일 돌보면서 아기를 업고 서서 강의를 들었죠. 그런 상황에서도 끝까지 라이브로 수업에 참여하고 바로 리포트를 썼어요. 새벽에는 화장대, 침대 등 장소를 가리지 않고 책을 읽거나 글을 썼죠. 하루도 안 쉬고 이 패턴의 생활을 무한 반복했어요.

신생아를 돌볼 때, 사람들이 잠을 깊게 못자서 힘들거든요. 보통 아기가 잘 때, 엄마들이 같이 자거나 남은 집안일을 하죠. 저는 꿈을 향해서 틈틈이 액션 플랜을 하나씩 실천했어요. 자신 있게 말할 수 있어요. 첫 몰입하던 구간에는 하루에 1분 1초도 성공이외에 다른 것에는 시간을 쓰지 않았어요. 주말에도 아이들과 산책하는 것 외에 마트도 잘 안 갔어요. 잠시 남편이 아이들을 봐주면 그 시간에 최대한 해야 할 일들을 몰아서 했거든요.

그렇게 무리하니까 두 달에 한 번씩 거의 탈진했어요. 그래도 행동을 멈출 수가 없었어요. 뚜렷한 목표가 있으니까 일단 계속 행동하게 되었어요. 성공일지를 쓰면 아무리 못해도 하루에 적어도 두 세 시간은 자신에게 투자했어요. 사람들이 자주 하는 질문이.

'소정 씨, 요즘 슬럼프라더니 왜 이렇게 많은 일은 했어요?'

평소에 제가 만들 수 있는 최대한의 에너지를 사용해요. 슬럼프기간을 오히려 일반 수준의 구간으로 만드는 것이에요. 그 시기를 슬럼프라고 규정하지 말고 평소 '일반 구간'이라고 설정하고 기본만 했어요. 그렇게 받아들이니까 이전보다 덜 초조하고 자책하게 되더라고요. 책 <10배의 법칙>을 읽고, 저의 '열정 구간'이 옳았다는 확신이 들었죠. 전자책과 종이책을 동시에 쓰기로 결심할 수 있었죠. **당신도 행동의 수준을 높여서 '슬럼프'라는 개념을 새로 정립해보세요.**

사람은 목표를 향해 달리다보면 불현듯 슬럼프에 빠질 수 있어요. 똑같은 상황도 긍정적으로 해석하기 나름이죠.

'어떻게 이 상황을 현명하게 대처해나가지?'

'당장, 내가 할 수 있는 작은 행동들은 무엇이지?

자신을 돌보는 시간을 가지면서 속도를 늦춰보는 것도 괜찮아요. 내년에 에너지가 다시 채워지면, 기존의 역량을 넘어서는 구간이 찾아와요. 당신은 그 순간에 다시 몰입한다면 그것만으로도 충분해요.

첫 4~5개월 동안 미친 듯이 노력하다가 그만 지쳐버렸죠. 결국, 아기를 어린이집에 보내고 휴식을 가지기로 했어요. 아이들을 등원시키고 여유가 생기면서 수면패턴도 자리 잡았어요. 오전에 집안일을 빨리하고 전날에 하던 작업을 오후에 시작했죠. 한 달에 한두 번은 지인과 카페에도 가고 맛있는 식사도 했어요. 평일에는 의도적으로 나를 채우는 시간을 가졌어요. 문득 불안감이 조금씩 올라오던 찰나에 제 인생에 큰 영향을 끼친 책을 만났어요.

내면의 예술적 창조성을 발견하고 상상했던 삶을 살아가도록 안내해주는 줄리아 카메론의 <아티스트 웨이>에요. 책에서 강조하는 것이 두 가지예요. 첫 번째, 모닝페이지는 아침에 일어나서 의식의 흐름대로 글을 써요. 두 번째, 아티스트 데이트는 기분 전환을 위해 아티스트와의 만남을 추천해요. 즉, 우리 안의 창조성을 일깨우기 위해서 놀이나 데이트 형식으로 자신을 돌보는 시간을 가지는 거죠. 주1회 아티스트를 만나면서 슬기롭게 휴식을 보내는 거예요.

평소에 집안일을 하면서 TV프로그램 <나는 솔로>를 봐요. 일반인이 짝을 찾는 과정에서 남녀의 감정이 아무런 여과 없이 드러나요. 글을 쓰면서 사람의 심리를 묘사하는데 도움이 되죠. 보통 프로그램은 편집된 동영상으로 보면서 댓글도 함께 읽어요. 일반적으로 사람들이 좋아하고 싫어하는 유형을 알 수 있거든요. 제가 즐겨보는 프로그램은 <유 퀴즈 온 더 블록>이에요. 다양한 분야에서 성공하신 분의 스토리를 통해서 얻은 교훈을 제 삶에 적용해요. 여가 시간도 목표를 이루는데 도움이 되도록 보다 현명하게 보내고 있어요.

마지막으로 정리할게요. 첫 번째, 슬럼프를 가볍게 받아들이고 인정하자. 두 번째, 평소에 엄청난 행동을 해서 슬럼프 기간을 '일반 구간'으로 만들자. 마지막은 슬럼프기간에도 슬기롭게 여유 시간을 가지자. 이렇게 세 가지의 방법을 활용해서 슬럼프 기간을 오히려 기회로 삼았어요. 슬럼프기간에도 공동저자로 <돌아보니 행복>을 출간했어요. 세바시 무대에서 성공적으로 스피치도 했어요. 전자책을 쓸 기회도 잡고 이 책을 써야겠다고 마음먹었죠. 상황은 해석하기 나름이다.

성공한 사람들은 처음에 더 큰 목표를 설정하지 않은 것을 후회한다고 해요. 스스로의 한계를 짓지 않고 엄청난 행동을 하면서 불안함을 없애는 거죠. 두려움을 없애는 유일한 방법은 120%의 노력을 하는 것입니다. 사람들은 제 성공일지를 보고 슬럼프에 빠진 제가 지쳐 보이지 않았던 거예요. 성공하고 싶다면, 일반 구간의 행동 수준을 높여요. '슬럼프'를 성공하는 과정에서 함께하는 '친구'라고 생각해요.

인생은 당신이 생각하는 만큼 해낼 수 있다.

성공일지 쓸 때 기억해야 하는 점 6.

슬럼프에 대처하는 자세

1. 최근에 슬럼프를 겪은 적이 있나요?

2. 슬럼프를 극복하는 당신만의 방법이 있나요?

3. 슬럼프에 대한 개념을 새롭게 적어보세요.

7. 시간 관리가 제일 쉬웠어요

"아기를 돌본다고 피곤해서 내 시간이 없어."

"자기계발은 하고 싶은데 회사 다녀오면 피곤해서 움직이기 싫어."

혹시 이런 말을 무심코 해 본적 없나요? '시간이 없다'라는 말은 누구나 한번쯤은 해봤을 거예요. 저 또한 성공일지를 만나기 전에 툭하면 그런 말을 했었죠. 과연, 제가 진짜 시간이 없어서 자기계발을 못 했을까요? 아니죠. 자신도 모르게 낭비하는 시간을 계산해보면 깜짝 놀랄 거예요. 무심코 흘려보내는 시간만 잘 주워 담아도 당신만을 위해 쓸 시간은 충분해요.

열정 구간의 제 일상을 되돌아볼까요?

첫째는 4살, 둘째가 11개월일 때 책을 읽고 글을 쓰기 시작했어요. 밤에 아이들을 재우고 책상에 앉으면, 기가 차게 아기가 10분 이내로 깼어요. 어쩔 수 없이 아기를 안고 책을 보거나 글을 썼어요. 어차피 아픈 아기를 돌봐야했기 때문에 새벽에 잠을 잘 못자는 상황이었죠. 차라리 꿈을 이루는데 집중하기로 했죠. 문제는 하루에도 따뜻한 이불을 세 번 이상 더 차고 일어나야 하는 경우도 허다했죠.

그만큼 오롯이 집중할 수 있는 시간이 줄어들었어요. 끝까지 이를 악물고 자신과의 약속을 지키고 새벽 5~6시에 잠든 적도 많아요. 겨우 30분 정도 눈 붙였는데, 둘째가 새벽 여섯시쯤에 울면서 저를 깨워요. 이미 모든 에너지를 다 소진한 상태라서 눈이 잘 안 떠져요.

제가 이십대에 라식 수술을 했는데 부작용이 심한편이에요. 한 번씩 억지로 눈을 뜨려고 할 때, 안구가 건조해서 마치 모래가 굴러다니는 것 같아요. 눈을 감은 채 손으로 더듬거려서 아기를 달래고 하루를 앞당겨 시작하죠. 그때부터 온종일 집안일하고 아이들을 돌봤어요.

남편이 퇴근하는 시간만 손꼽아 기다려요. 저녁 식사가 끝나면 남편이 설거지를 하고 아이들을 돌봐줘요. 저녁 8시쯤, 유일하게 혼자 책상에 앉을 수 있었어요. 만약에 남편이 회식하거나 아픈 날은 이것마저도 허락되지 않았어요.

2월, 남편이 코로나에 걸렸을 때가 그랬죠. 아무리 격리수칙을 잘 지켜도 결국은 저와 아이들도 코로나에 확진되었어요. 그래도 평소처럼 성공습관을 다 지켰어요.

하루 24시간을 압축해서 48시간처럼 쓰려고 노력했어요. 9월부터, 매일 시간일지를 쓰고 있어요. 종이에 하루 동안 시간을 어떻게 쓰는지 기록해요. 시간일지를 작성하는 방법은 쉬워요. 시간일지에 쓰는 시간은 자정부터 기준으로 한 시간 단위로 무엇을 했는지 적어요. 인터넷에 시간 계획표를 검색하면 시간일지 형식파일이나 노트를 손쉽게 구할 수 있어요.

시간일지를 적으면 자투리 시간을 모을 수 있어요. 자신도 모르게 낭비되는 시간을 줄이고 중요한 일에 집중할 수 있죠. 한 칸에 무엇이라도 적고 싶어서 재빠르게 다시 생산모드로 전환하게 되었어요.

살짝 슬럼프가 온 6월쯤, 오전에 아이들을 보내고 하루에 유튜브를 한두 시간 정도 봤어요. 하지만 시간일지를 쓴 이후로 폰 보는 시간을 하루 20~30분으로 줄일 수 있었어요. 시간을 기록하면서 집중력을 다시 끌어올렸죠. 집필하고 독서하는 시간도 점차적으로 예전 수준으로 돌아왔어요.

카카오톡, 인스타그램의 알람 기능도 다 껐어요. 수시로 울리는 핸드폰 때문에 좀처럼 집중하기가 어려웠어요. **주변 환경에 집중을 방해하는 요소를 없애는 것이 중요해요.** 낮에 최대한 중요한 일을 미리 다 하고 밤에는 일찍 잠들었어요. 최근에는 하루 일고여덟 시간씩 푹 자는 날도 많아졌어요. 시간 관리하고 수면 패턴을 잡으니까 자연스럽게 컨디션도 좋아졌어요. 집중력이 올라가서 자기 계발하는 시간이 두 배 이상 늘어났어요.

지난 12월부터, 하루마감의 중요성을 깨닫고 주간보고서를 작성하고 있어요. 한 주 동안 핵심 영역에 얼마나 시간을 썼는지 파악해요.

<성공디자이너 Olivia's 주간보고서>

2주차 (2022.12.19 ~ 2022.12.25)

1. 글쓰기 (집필, 에세이 포함) 총 12시간

2. 독서 총 4시간

3. 운동 총 6시간

4. 육아 및 집안일 총 66시간 30분

5. 회의 및 강의 준비 총 7시간

6. 코치 총 1시간

7. 영어공부 총 2시간

8. 깨달음 및 아이디어, 감사 일기 등 2시간

총 100.5 시간

주간 보고서를 보면, 지난주보다 글쓰기를 4시간 30분이나 덜 했어요. 수요일은 허리를 다친 남편이 입원해서 작업을 많이 못 했어요. 목요일 오전에 온라인강의가 끝나자마자, 둘째가 체했다고 어린이집에서 연락 왔어요. 아기를 일찍 데리고 와서 각종 검사하고 링거를 맞았죠. 예상치 못한 상황으로, 2주차는 육아와 집안일을 하는데 1주차보다 18시간이나 더 썼다는 것을 알 수 있어요.

매주 시간을 어떻게 사용했는지 확인하고 글 쓰는 시간을 늘리려고 행동패턴을 수정해요. 주간보고서 3주차에는 글쓰기를 총27시간으로 다시 늘렸어요. 누구에게나 똑같이 주어진 시간을 얼마나 효율적으로 사용하고 있는지 살펴보세요. 당신의 소중한 시간을 관리하는 도구가 필요해요.

상위 1%가 되기 위해서 반드시 시간 관리는 필수다.

최우선적으로 꿈을 이루는 시간에 집중하라.

성공일지 쓸 때 기억해야 하는 점7.

시간일지

1. 시간 관리를 위한 당신만의 특별한 도구가 있나요?

2. 시간일지를 쓰고 확보한 시간을 기록해보세요.

3. 주간보고서도 함께 작성해보세요.

8. 마지막 도미노의 힘

우공이산

어리석은 사람이 산을 옮긴다는 말로, 우직하게 한 우물을 파는 사람이 큰 성과를 거둔다는 뜻이죠. 즉, 남이 보기에는 어리석은 일처럼 보이지만 한 가지 일을 끝까지 밀고 나가면 언젠가는 목적을 달성할 수 있어요.

매일 조금씩 노력하는 행동들이 과연 진짜 꿈을 이루게 해줄까라는 의심이 드는 것이 당연하죠. 왜냐하면 하루 혹은 일주일동안 만든 결과만 보면 큰 변화가 없거든요. 그렇지만 성장에도 복리 효과가 있다고 하잖아요. 이미 원하는 꿈을 이루었다고 생각하세요. 일단, 행동을 꾸준히 하셔야 해요.

당신은 경제적 자유를 얻기 위해서 작은 것이라도 실천해야 해요. 큰 성공을 이루기 전에 먼저 작은 성공을 반복하는 거죠. 다시 한 번 더, 작은 성공이 핵심이에요. 오늘부터 성공하는 하루를 보내는 거죠. 이것이 바로 '성공하는 하루의 힘'이에요. 성공을 아주 쉽게 만들어요. 잠자기 전에, 성공일지를 쓰고 오늘 하루도 잘 살았다고 생각하고 마무리하세요. 어제보다 오늘 1cm라도 성장했으면 성공이에요.

첫째 아이와 도미노 놀이를 한 적이 있어요. 조그마한 손으로 나무 블록을 세로로 세우다가 수없이 실수로 넘어트려요. 처음에는 아이도 화를 몇 번 참고 도미노를 다시 만들어요. 집중해서 아이는 도미노를 줄맞춰 봐요. 얼른 도미노가 차례대로 멋지게 넘어가는 모습을 보고 싶어서 조바심까지 생겨요. 야속하게도 도미노는 제멋대로 쓰러지기를 반복해요. 도미노를 하나하나 세우는 과정이 마치 성공으로 가는 길 같아요. 비록 실패하더라도 도미노를 만들어가는 과정에서 끈기를 배웠잖아요. **성공한 사람도 원하는 바를 성취하기 전까지 수없이 넘어지고 다시 일어서죠. 끝까지 포기를 모르는 사람이 승리해요.**

최근에는 책을 쓰면서 성공습관 강의도 하고 있어요. 적어도 주3회 이상 글쓰기 및 습관 코치도 해요. 꾸준히 독서와 운동도 각각 30분 이상하고요. 매일 영어공부와 명상도 해요. 인스타그램에 하루 3개의 글을 올려요. 첫 번째, 일상이나 후기, 콘텐츠를 올리고요. 두 번째, 책을 읽고 기억에 남는 문장을 공유해요. 마지막으로 성공일지를 인증하죠. 동기부여나 심리학 관련 강의도 틈틈이 듣고요. 하루 최소 6시간에서 12시간 정도 집안일과 육아도 하죠.

성공습관을 자리 잡는데 필요한 것은 반복과 횟수에요. 주말이나 공휴일도 예외는 없어요. 매일매일 작은 성취감을 느끼면서 성공하는 하루를 쌓아가는 거죠. 성공하는 하루가 이틀, 삼일이 되고 일주일이 지나죠. 그렇게 한 달이 지나 두 세 달이 되면서 자신의 역량이 커져요. 예로 시간일지를 쓰고 시간을 확보하면서 집필 속도가 눈에 띄게 올라가더라고요. 종이책은 목차 작업이 3주가 소요되었고요. 초고 작업은 4주 정도 진행했어요. 놀라운 점은 이 책을 쓰는 도중에 전자책도 출간했죠. 이 책을 퇴고하면서 두 번째 세바시 북에도 공동저자로 참여했어요.

책을 쓰는 동안에 아이들의 방학, 명절 등으로 가정보육을 하는 기간이 1/3이었어요. 세바시대학 4기 글쓰기 전공 FT로 선발되어서 수요클럽도 운영했어요. 원래는 월1회 모임이었지만 조원들의 요청에 따라서 매주 수요일마다 만났어요. 글 쓰는 과정도 서로 공유하고 개인적으로 글쓰기 습관도 상담해드렸어요. 세바시대학은 과정을 이수하기 위해서 틈틈이 강의를 듣고 과제를 제출했어요. **매순간 해야 할 일을 차근차근 해나가면서 저의 한계를 부수는 거죠.**

'이 많은 것을 다 할 수 있을까'라는 생각이들 때 그냥 행동했어요. 망설이고 걱정할 시간에 하나씩 해결했어요. 성공하는 하루가 쌓이면 자신감이 붙고요. 시간이 지날수록 강하게 자기 확신이 생기죠. 이 과정에서 긍정적인 운을 스스로 만들어 나가는 거예요. 준비된 사람이 기회를 잡을 수 있기 때문이죠. 도미노가 쓰러지기 시작할 때 속도가 느리죠. 그러다가 점점 속도가 붙으면서 마지막에 쓰러지는 도미노의 위력은 어마어마해요. 도미노가 넘어지면서 다 결국 다 무너뜨리는 것처럼. 하루를 성공하는 경험이 쌓이고 쌓이면 마침내 원하는 모든 것을 다 성취하는 자신을 발견하게 된답니다.

사람들은 눈에 보이는 단기적인 성과만 바라보고 쉽게 포기해요. 나중에 시간 격차를 두고 성과가 따라올 수도 있거든요. 오늘 당신이 노력한 결실이 짧으면 석 달 뒤, 길게는 몇 년 후에 어떤 형태로든 나타나요. 우선, 목표를 원대하게 설정하고 오늘부터 성공하는 경험을 쌓아요. 이 방법이 가장 간단하면서도 빠른 길이죠. 자신에게 질문해 봐요.

'성공하는 하루를 보내기 위해서 당장 할 수 있는 일이 뭘까?'

만약에 뚜렷한 한 가지가 떠오르지 않는다면, 매일 무조건 독서와 글쓰기를 해보세요. 성공한 사람들은 공통적으로 책을 읽고 글을 써요. 평균 기대수명이 83.5세인 시대에 자신만의 브랜드가 있어야 해요. 인간의 사고를 확장하는데 독서와 글쓰기는 필수적인 도구에요. 사업하시는 분들이 여행에서 아이디어가 많이 떠오른다고 하죠.

저도 매일 독서하고 글을 쓰면서 어떻게 성공일지프로그램을 구성하고 실행할지 구체적인 방법이 보였어요. 아이디어를 적어두지 않으면 휘발되고 없어지니까요. 핸드폰 메모장이나 수첩, 책을 읽다가 모서리든 어디에나 적어둬요. 저 또한 글이 잘 안 써질 때 평소에 써둔 메모를 많이 활용해요. 작은 것이라도 모이고 모이면 큰 힘이 되는 것처럼, 당장 지금 내가 할 수 있는 작은 행동을 하세요.

성공하는 과정도 살펴보면 좋은 일이 연속적으로 일어나요. 저의 경우, 베스트셀러가 되면 강의도 끊임없이 들어오죠. 강의하다보면 글쓰기 및 습관 개인코치, 성공일지 프로그램사업도 커져요. 온라인으로 광고와 협업도 들어오기 시작해요. 팬과 독자층이 두꺼워지면서 북 콘서트도 진행하게 되겠죠. 그뿐인가요? 학교와 기업에서도 강의하다보면 방송도 하게 되죠. 작은 성공하나가 시작되면 나머지도 연달아서 성과를 불러와요. 도미노가 쓰러지면서 마지막에 위대한 힘이 생기는 것처럼 말이죠.

성공한 하루가 불러올 나비효과는 당신이 꿈꾸는 성공이다.
미리 축하드립니다.

성공일지 쓸 때 기억해야 하는 점8.

성공하는 하루

1. 오늘 성공하는 하루를 보냈나요?

2. 성공일지를 한 달 쓰고 어떤 가요?

3. 성공일지를 백일 쓰고 깨달은 것을 기록해보세요.

Chapter5.

처음에는 누구나 궁금한 것들

<성공과정에서 알고 있으면 좋은 점>

1. 요새 벌려놓은 일이 많은데 괜찮을까요?

하루 동안 자신에게 얼마나 많은 시간과 에너지를 사용하고 있나요?

세상에서 가장 현명한 투자는 자신에게 투자하는 것이죠. 당신이 꿈을 이루기 위해서 보내는 시간을 계산해보면 놀랄 수도 있어요. 시간일지를 쓰기 전에는 시간을 효율적으로 활용하고 있다고 착각했었거든요. 뭐부터 시작해야 할지 잘 모르시겠어요? 그것은 제대로 목표설정이 안 되었다는 뜻이에요. 성공일지 챌린지 1기가 시작되고 한 분이 물었어요.

"요새 벌려놓은 일이 많은데 괜찮을까요?"

저의 대답은.

"아니요. 다시 올바른 목표 설정을 해야죠. 선생님의 우선순위를 정리해야 해요."

제가 한동안 블로그에 매일 경제글쓰기를 한 적이 있어요. 사실 저는 뼛속까지 문과 체질이라 경제와 숫자에 관해서 별로 관심이 없어요. 막연하게 부자가 되고 싶어서 부동산, 주식관련 책을 읽고 요약했어요. 경제공부도 체계적으로 하려니까 두 시간 정도 할애했어요. 그때, 하루에 지키는 습관이 많아서 아무리 앞당겨도 새벽 5~6시에 잠드니까 건강이 무너졌죠. 다시 우선순위를 짜면서 덜 중요한 것부터 정리하게 되었어요. 결국 경제글쓰기는 40여일 정도 하다가 그만뒀어요. 제가 진정으로 원하는 것은 작가로서 성공하고 싶었기 때문이죠.

우선순위를 잘 정리하려면 어떡해야 할까요?

첫 번째, 당신이 몰입해야 하는 한 가지가 무엇인지 알아야 해요. 최종 목표를 달성하려면 필요한 핵심 역량이 무엇인지 정확하게 파악해야 하죠. 저는 꿈을 이루기 위해서 갖춰야 하는 다섯 가지 역량을 종이에 적었어요. 그 중에서도 마지막까지 남은 단 하나에 매일 최대한의 시간을 투자하고 있어요. 자신이 진짜 하고 싶은 일을 해야 지속성이 생겨요. 독서, 여행, 알바 등 다양한 경험을 통해서 당신만의 한 가지를 찾아보세요.

두 번째, 시간 배분을 효율적으로 정해요. 우선순위가 정해졌다면 무엇을 얼마나 할 것인지 기준을 세우는 거죠. 계획을 세우지 않고 여러 가지 일을 동시에 벌려두면 뛰어난 성과는 만들 수 없어요. 저는 글쓰기를 하루 1시간 이상, 독서와 운동은 각각 30분 이상, 영어도 최소 10분 이상으로 지켜야하는 기준점을 정해뒀어요. 물론, 어찌할 수 없는 사정이 있거나 컨디션에 따라서 기준 이하로 행동하는 날도 간혹 있었죠. 적은 양이라도 해야 할 일을 차례대로 실천해요. 당신의 수입에 절대적인 영향을 미치는 핵심역량을 키우는데 최대한 시간을 투자하세요. 그 외에도, 긴급하지는 않지만 중요한 일인 독서, 운동, 외국어 공부 등은 꾸준히 하세요.

현실적으로 엄마는 혼자만의 시간을 가지기 어렵죠. 여름휴가에 명절, 가족행사도 있고, 방학은 또 왜 이렇게 자주 돌아오나요. 그뿐인가요. 아이가 어릴수록 툭하면 아파서 병원에 데리고 가야하죠. 아기가 열이라도 나면, 밤새 수건으로 온몸을 닦아주고 수시로 체온도 체크해야하죠. 결혼하기 전에는 독감, 수족구병, 수두 등 유행하는 병이 그렇게 많은지 몰랐어요. 매달 이벤트가 없는 달이 있던가요?

경제적 자유를 꿈꾸는 직장인의 상황도 크게 다르지는 않아요. 각종 프로젝트, 회식, 야근 등 예상치 못한 상황이 끝이 없거든요.

저도 글이 잘 안 써져서 막막할 때가 많아요. 그러나 여기에서 포기하고 싶은 마음은 추호도 없죠. 그때마다 사랑하는 가족이나 사회에 어떤 영향력을 끼치고 싶은지 생각해요. 고액 기부자 명단 앞에서 다짐했던 순간도 떠올려요. 우리의 인생은 언제 어떤 일이 생길지 모르니까 정신이 차려졌거든요. 누구보다도 간절하게 꿈을 이루고 싶어요. 당신만의 한 가지를 정하고, 시간배분을 제대로 했다면요. 마지막으로 필요한 것은 무엇일까요? 지속적인 성장을 위해서 '건강'이 필수입니다.

어느 날 아파서 누워있는 저에게.

"엄마는 아프면 안 돼. 네가 아프면 가족을 돌 볼 사람이 없잖아."

왜 엄마는 아프면 안 되는 걸까요? 머리로는 이해가 되지만, 괜히 그 말을 인정하기 싫고 제일 서러웠어요. 엄마가 한 가정의 살림(총무), 경제(회계), 육아(인사)를 총괄하기 때문이겠죠. 엄마의 꿈을 이루기가 쉽지 않아요. 아기가 어리거나 자녀가 많을수록 더욱더 어렵죠. 집안일과 육아는 끝이 없지만 자신에게 투자하는 시간을 가지세요. 엄마는 스스로 자신의 건강을 챙겨야 하죠. 최근에 저는 건강식 위주의 식단으로 먹으려고 노력해요. 꾸준하게 운동도 하면서 체력을 관리하고 있어요. 폼롤러 스트레칭, 계단 오르기, 헬스, 요가 등 자신에게 맞는 운동을 찾아 봐요.

책 쓰는 작업은 자신과의 긴 싸움이에요. 강의를 듣고 일방적으로 받아들이는 것이 아니라 새로운 것을 만들어내는 과정이죠. 꿈을 이루는 모든 과정은 순탄하지 않아요. 당신도 자동적으로 움직이는 루틴을 만들어보세요. 저는 아이들을 어린이집에 보내고 바로 오전에 헬스장에 가요. 러닝머신을 하고 스트레칭을 하면서 뇌를 깨워요. 집으로 돌아와서 점심을 간단하게 먹고 후다닥 집안일을 해요. 그다음 바로 글 쓰러 책상에 앉아요. 아이를 데리러가기 전에 저만의 루틴에 맞춰서 움직여요. 규칙적으로 운동하면 컨디션과 집중력이 올라가서 책이 잘 써지더라고요. 건강한 몸과 마음은 필수예요.

우선순위를 올바르게 설정하고 단 하나에 미친 듯이 몰입하세요. 세상에 불가능한 일은 없어요. 당장, 당신이 원하는 한 가지를 찾으세요. 다음부터는 원하는 일이 순서대로 하나하나 이루어질 거예요. 우리가 진정으로 원하는 것을 찾았다면 이미 절반은 성공이에요. 한 가지만 집중해서 끊임없이 성장해요. 그것이 정답이에요. 다른 사람의 눈치와 시선 따위는 신경 쓰지 마세요.

사람은 원하는 모습을 스스로 결정하고 성취할 수 있다.

성공과정에서 알고 있으면 좋은 점1.
우선순위

1. 당신의 우선순위를 정해보세요.

2. 최종목표를 이루기 위해서 필요한 행동 세 가지가 무엇인가요?

3. 가장 중요한 한 가지의 비중을 높여 시간을 보내세요.

2. 미라클 모닝을 꼭 해야 할까요?

요즘 인스타그램에서는 새벽에 일어나서 자기계발을 하는 사람들을 쉽게 볼 수 있어요. 고요한 새벽, 자신에게 투자하고 기적을 만드는 '미라클 모닝'이 유행이죠. 저도 우연히 켈리최 회장님의 동기부여 모닝콜 편에 참여하게 되었어요. 평일 새벽6시, 라이브로 진행되는 동기부여 영상을 보고 긍정확언을 써서 인증했어요. 그때, 저는 아이들을 가정보육을 하고 보통 새벽 다섯 시 전후에 잤어요. 한두 시간 정도 자고 일어나서 확언을 쓰다 보니 피로가 점점 쌓이더라고요. 이윽고 확언을 인증하고 다시 몇 시간 더 잘 때도 있었죠.

과연, 미라클 모닝을 하는 것이 올바른 방향으로 가고 있는 걸까요?

글쎄요. 미라클 모닝을 실천하지 않아도 부지런한 사람이 있을 수 있어요. 각자의 분야에서 최선을 다하는 사람들은 수없이 많으니까요. 아기 엄마가 원하는 시간에 잠자고, 밥 먹을 수가 없잖아요. 그것처럼, 세상에는 9to6 직업을 가진 사람만 존재하는 것도 아니죠. 혹은 아침에 잠이 쏟아져서 새벽에 일어나는 것이 힘든 사람도 있어요. 올빼미 형이 굳이 새벽에 일어나려고 무리할 필요는 없어요. 사람마다 신체리듬이 다를 수가 있잖아요. **여러 가지 환경적인 요소를 고려해서 '나만의 시간'을 확보하는 것이 중요해요. 시간대가 중요한 것이 아니라 몰입가능한 시간과, 몰입정도가 핵심이죠.**

대부분의 사람들이 미라클 모닝에 실패하는 이유가 무엇일까요? 기상시간이 아니라 불충분한 수면시간이에요. 미라클 모닝을 실천하기 위해서는 아무리 늦어도 밤 10시, 11시 사이에는 자야 하잖아요. 그러나 아기들이 아프거나 집안대소사를 챙기다보면, 외부적인 환경으로 인해서 새벽에 잠을 못 이루는 날이 많아요. 그때마다, 저만의 성공 루틴을 멈출 수는 없어요. 만약에 저의 상황을 고려하지 않고 계속 미라클 모닝을 고집했으면요. 제가 생각하는 만큼의 일들을 다 해내지 못했을 거예요. 당신의 현재 상황에 맞춰서 미라클 모닝이나 올빼미생활을 선택하면 된답니다.

남편이 소리에 예민해서 저와 아이들만 안방에서 자고요. 남편은 혼자 서재에서 따로 자요. 처음에 아이들을 가정보육하면서 스무여 가지 습관을 다 지키니까요. 어쩔 수 없이 새벽 늦게까지 강의 듣고 책을 봤잖아요. 그때, 남편이 자정만 넘어가면 다가와서.

"제발 애들 잘 때 자기도 같이 좀 자라니까."

저를 일으켜 세워서 직접 큰방에 데려다 줬어요. 못 이기는 척 알겠다고 남편을 안심시키고 다시 살짝 나와서.

"나 잠시, 물만 마시고 잘게."

천천히 물마시면서 상황을 살펴보다가 남편이 서재에 들어가면요. 저는 조용히 노트북이랑 책을 들고 화장대에 가서 밤새 공부했어요. 하루는 제가 아무리 말려도 새벽에 작업하니까요. 남편이 몰래 방에 와서 제가 자는지 확인하러 온 적도 있어요. 한 달, 두 달이 지나고, 어디를 가도, 새벽에 저는 책을 읽고 글을 썼죠. 특히, 제가 시력이 나빠져서 새로 안경을 맞추니까요. 남편도 그냥 편하게 밝은 곳에서 작업하라고 했어요. 지금, 당당하게 거실에 나와서 책을 쓰고 있죠.

방에서 작업할 때도 계속 장소를 바꿨어요. 저에게 화장대가 낮아서 허리가 불편했죠. 도저히 몸이 아파서 참기 힘들면, 방바닥에 앉아서 책을 봤어요. 한두 시간 뒤, 발이 시리면 침대 위에 올라가서 글을 썼죠. 눈이 뻐근해도 해야 할 일이 남으면 끝까지 버텼어요. 도저히 집중이 안 되고 손목이 저리면 누워서 잤어요. 그 다음날, 스트레칭하고 다시 또 괜찮아지면 밤새 작업하고 했어요. 제 의지가 굽혀지지 않으니까 남편도 받아들였어요.

저도 미라클 모닝을 하고 싶어서 시도를 많이 했었어요. 새벽 일찍 일어나서 중요한 일을 미리 해두니까 확실히 시간이 여유로웠어요. 여러 가지 변수가 생기면서 저의 생활 패턴이 자꾸만 무너졌죠. 마음을 내려놓고 나만의 루틴을 만들기로 했어요. 예상치 못한 상황에 유연하게 대처하면서 깨어있는 동안에 최대한 많이 움직였어요. 몰입할 수 있는 환경을 조성하는 데 노력했어요. 당신도 끝까지 포기하지 않고 성공습관을 지키려는 의지가 중요하답니다. 뛰어난 실행력이 기적을 불러일으키기 때문이죠. '과거에 저'는 아침 일찍 못 일어나면.

"에잇, 오늘 하루도 실패했네. 또 늦게 일어났어."

툭하면 내 자신을 자책했어요. '지금의 저'는 규칙적인 생활을 못한다고 해서 초조하지 않아요. 더 이상 새벽 기상하는 사람들과 비교하지 않아요. 이제는 행동하는 사람이고 저와의 약속을 다 지키기 때문이죠. 성공일지를 쓰고 싱공을 쉽게 만드세요. 긍정적인 경험을 쌓고 성취감을 반복적으로 맛보세요.

당신이 원하는 목표를 이루기 위해서, 하루에 규칙적으로 "나만의 시간"을 가지는 것이 중요해요. 성공하는 습관을 유지하도록 노력하세요. 매일 좋은 습관을 반복하는 것이 더 성장하는 데 효과가 있어요. 만약에 제가 해야 할 일을 다 마무리 못한

경우는요. 이틀 연속, 밤을 새서라도 나와의 약속을 다 지켰어
요. 나중에 몰아서 잔적도 몇 번 있어요. 도저히 어쩔 수 없다
면, 1분이라도 행동하고, 다음날에 보충해서 진도를 맞췄어요.
하루 정도 습관을 빼먹을 순 있어도 이틀은 넘기지 말라고 해
요.

유행하는 미라클 모닝이 당신에게 꼭 맞는 옷이 아닐 수도
있어요. 나에게 맞는 옷을 직접 디자인해서 멋지게 패션쇼를
하면 된답니다. 얼마든지 상황에 따라서 디자인을 변경할 수
있어요. 인생을 살아가는 방식보다 삶을 대하는 우리의 태도가
더 중요해요.

꾸준하게 행동하면, 당신만의 옷을 찾게 될 거예요.

당신이 제일 소중합니다.

성공과정에서 알고 있으면 좋은 점2.
나만의 시간

1. 당신은 아침형인가요? 아니면 올빼미 형인가요?

2. 현재 당신의 생활환경을 점검해보세요.

3. 나만의 시간은 언제, 얼마나 확보할 수 있나요?

3. 성공일지에 적을 것이 없어요

"저는 성공일지에 적을 것이 없어요."

당신에게 당장 이루고 싶은 꿈이 없을 수도 있어요. 내가 무엇을 좋아하는 지, 무엇을 잘 하는지 분명하게 보이지 않을 수도 있죠. 저는 결혼하고 우선적으로 가족들을 돌보면서 '나'를 잊고 살았어요. 당신 내면의 소리에 귀를 기울이고, '나'를 알아가는 시간이 필요해요. 아직 성공일지에 무엇을 써야할지 모르겠다면, 그만큼 당신이 이끌어낼 수 있는 잠재력이 무한하다는 뜻이 아닐까요? 오히려 적을 내용이 정해져있지 않으니까, 무엇이든 무작정 시도해보는 거죠.

성공일지에 적으면 좋은 내용은 크게 4가지가 있어요. **첫 번째, 나를 돌보는 시간에 무엇을 했는지 기록해보세요.** 처음 4~5개월 동안, 저는 잠을 줄여가면서 쉬지 않고 끊임없이 움직였어요. 어떻게 행동하면, 하루라도 더 빨리 작가가 될 수 있을 지에만 몰입했어요. 4개월 정도 지났을 무렵, 자꾸만 배가 콕콕 찌르듯이 아팠어요. 산부인과에 미루고 있던 정기검진을 받으러 갔죠. 의사 선생님이 자궁에 보이는 혹 모양이 좋지가 않아서 암이 의심된다고 하셨어요.

'벚꽃이 흩날리는 봄날에 내가 암일 수도 있다니..'

크게 숨을 다시 들이마시고 마음을 다잡았어요. 신이 지난 4개월 동안 쪽잠 자면서 공부한 저에게 보내는 경고라고 생각했어요. 이 계기로 '나를 돌보고 쉬어가면서 노력해야 오래 달릴 수 있구나.'라는 깨달음을 얻었어요. 우선, 여름이 다가오기 전에 의사선생님의 권유대로 햇볕을 쬐며 산책하기로 했어요.

한두 달 뒤, 4월에 안 잠기던 정장 바지가 드디어 잠겼어요. 몸무게는 1~2킬로그램 정도 빠져서 별 기대를 안 하고 입어봤는데 바지가 쏙 들어갔어요. 다시 산부인과에 검사 받으러 갔는데 또 한 번 놀랐어요. 다행히도 자궁 내에 혹이 없어졌기 때문이죠. 체중감량 속도도 바람직하다고 선생님에게 칭찬을 들었어요.

사람의 몸이라는 것은 참 신기하죠. 조금이라도 건강에 소홀하면 우리에게 신호를 보내요. 조금만이라도 더 신경 쓰고 관리하면 금방 컨디션이 돌아오기도 하죠. 그 이후로, 저는 아이들을 보내고 낮에 카페에 가서 책을 읽기도 해요. 영화를 보거나 사람들과 맛있는 것을 먹으러 가요. 혹은 자이언트 실을 사서 가방을 만들어요. 틈틈이 휴식을 가지고 재충전하는 시간을 가졌어요. 나를 보살피는 것만큼 소중하고 중요한 일이 있을까요?

두 번째, 소소한 기쁨을 누린 경험을 적어 봐요. 만약에 당신이 가정주부라면, 오늘 된장찌개를 구수하게 끓였어요. 온 가족이 맛있다면서 밥을 한 그릇씩 뚝딱 비웠다고 가정해요. 이런 경험을 간단하게 적을 수도 있어요. 반드시 성공일지에 생산적이고 성장에 관한 행동만 쓸 필요는 없어요. 기록에 대한 부담을 내려놓고 성공을 쉽게 만들어보세요. 때로는 다른 사람에게 도움을 베푼 이야기도 쓸 수 있죠.

세 번째, 의미 있는 경험을 담아보세요. 친구와 똑같은 책을 읽고 대화를 나눠볼 수 도 있어요. 줄거리를 요약하고 각자 느낀 점을 공유해요. 사람마다 받아들이는 부분이 달라서 얘기 나누다보면 미처 몰랐던 사실을 알게 되는 경우도 많아요. 혹은 아이들과 책을 읽으면서 질문해보세요. 첫째 아이가 말을 시작할 때 물어봤어요.

"책에서 꿀꿀이가 지금 동생에게 무엇을 주는 거야?"

"엄마 곰돌이가 왜 형 곰돌이를 칭찬해줬어?"

"우리 쑥쑥이는 동생을 어떻게 돌보고 싶어?"

아이와 책을 읽으면서 대화를 나눠보세요. 첫째가 동생을 보살피는 것이 올바른 행동임을 스스로 깨우치게 해주는 거죠. 성공일지에 구체적으로 아이와 함께한 신체활동이나 놀이 활동도 적을 수도 있어요. 저는 집에서 어느 공간을 정리했는지도 기록해요. 성공일지에 꿈과 관련된 내용이 아니더라도 채울 수 있는 것이 다양하죠?

집안일과 육아하면서 소중한 경험을 적어두니까 가족에게 더 집중하게 되었어요. 나를 돌보거나 가족과 함께 보내는 시간이 성공하는데 밑거름이 되기도 하죠. 인생의 시기에 따라 성공일지에 쓸 수 있는 내용은 얼마든지 달라질 수 있어요.

일단, 가벼운 마음으로 도전해 볼까요?

마지막으로, 성공일지에 자신의 생각을 기록해요. 매일 독서와 글쓰기를 하고 생각을 정리하면 미래가 보여요. 내가 가고 싶은 길을 먼저 가서 시행착오를 겪은 사람들이 알려주는 노하우를 당신의 것으로 만드세요. 글을 쓰고 과거의 상처가 치유되면서 속이 후련해지기도 해요. 미래에 내가 원하는 것이 무엇인지 알 수 있어요. 글을 천천히 써내려 가나보면 나의 생각을 논리적으로 정리하고 표현하는 힘이 생기거든요. 이제 당신도 성공일지에 쓸 수 있는 내용이 보이기 시작했나요?

지난 1년 동안, 성공일지를 쓰면서 나의 역량을 키워가면서 목표에 한걸음, 한걸음씩 다가갔어요. 예상보다 빨리 작가와 강연자의 꿈을 이루었죠.

오늘 성공일지에 무엇을 쓸 수 있을지 움직여보세요. 당장 작은 것이라도 행동으로 옮기고 성공을 반복하세요. 성공일지에 기록할 수 있는 것을 찾아 실천하면서 당신의 잠재적 역량을 발휘해보세요. 자신을 돌보고 좋은 사람들과 소중한 일상을 보내세요. 글쓰기를 통해서 당신만의 스토리를 만들어서 꿈을 이루시길 바랍니다. 앞으로 당신이 할 수 있는 일이 무궁무진한걸요.

당신은 모래 속에 숨어있는 진주다.

성공과정에서 알고 있으면 좋은 점3.
잠재적 역량

1. 오늘 자신을 돌보는 행동을 하고 성공일지에 적어보세요.

2. 다른 사람들에게 도움을 준 경험을 적어보세요.

3. 일과 휴식의 균형을 생각해보세요.

4. 내 시간이 없어요

부자들이 가장 중요하게 생각하는 것이 '시간'이다.

저는 미친 듯이 노력하는 '몰입 구간'에 하루 종일 아이들을 돌보고 새벽에 글 쓰다가 거의 쓰러지듯이 잠들었어요. 제가 성공일지를 만나기 전에는 말로만 책을 쓰는 사람이었죠. 잠자기 전, 한 시간정도 항상 온라인쇼핑을 하거나 유튜브를 봤어요. 현재는 저의 모든 시간과 에너지를 성공하는데 사용하고 기절하듯이 뻗어요. 진짜 신기했던 점은 어느 순간부터 꿈을 안 꾸더라고요.

어릴 때부터, 원래 저는 매일 꿈꾸는 스타일이었어요. 열정을 다 쏟아내고 자니까 깊은 잠을 자게 되었죠. 잠자리에 들고 10분 안에 잠들지 않으면 가짜 졸음이에요. 인생에서 당신의 모든 열정을 이끌어 낸 경험이 떠오르나요? 강의나 코치에서 만나는 분들이 가장 많이 하는 말이.

'제 시간이 없어요.'

우리에게 '시간'이 없는 것이 아니에요. 중요한 일을 하고자 하는 '동기'와 '의지'가 없는 거죠. 직장인이나 학생도 마음만 먹으면 무엇이든 해낼 수 있어요. 자신에게 투자할 시간이 없다는 사람들에게 해주고 싶은 말이 있어요.

시간이 없는 것이 아니다.

시간은 만드는 것이다.

저도 아이들을 돌보면서 시간이 없다고 생각한 적이 있어요. 하지만 꿈을 이루어야겠다고 다짐한 이후로는 눈앞에 해야 할 행동들이 계속 보였어요. 책을 쓰기로 결심하고 바로 아이들의 방학이었죠. 3주 동안, 여름휴가로 시골에 있는 부모님 댁으로 아이들과 갔어요. 낮에는 아이들과 물놀이도 하고 운동장에 놀러갔어요. 밤에는 가족들과 시간을 보내면서도 반드시 나만의 시간을 두세 시간은 가졌어요. 부모님이나 남편에게 부탁하고 낮에 잠시라도 책을 읽었어요.

개학하고 아이들을 어린이집에 보내지 못했어요. 얼마 후, 코로나19에 걸린 환자수가 다시 급증하고 태풍까지 불어 닥쳤거든요. 온종일 아이들을 돌보다가 새벽12시 20분쯤에야 겨우 책상에 앉았죠. 정확하게 17분 만에 아기가 울면서 깨요. 글 쓰는 흐름이 자꾸 끊겨서 좀처럼 집중하기가 어려웠어요. 매번 따뜻한 이불을 차고 일어나기 힘들지만, 책상에 다시 온 것만으로도 절반은 성공한 셈이죠.

아기가 불러서 다시 침대에 누웠을 때도 SNS를 하지 않고 핸드폰으로 전자책을 봤어요. 자투리 시간을 모으면 가정보육하면서도 하루에 두세 시간 정도 책을 봤어요. 하루는 책이 잘 써져서 남편이 출근하는 새벽 6시 30분까지 작업했어요. **강한 의지만 있다면 꿈을 이룰 수 있어요. 어떤 역경이라도 헤쳐 나가려는 끈기가 있으면 불가능은 없어요.** '시간이 없다'라는 말은 어리석은 핑계인거죠. 위기를 겪을 때마다 시간을 효율적으로 쓰려고 노력했어요.

상황에 맞춰서 유동적으로 독서와 글 쓰는 양을 줄이더라도 꾸준히 습관을 지켰어요. 매순간 긴장의 끈을 놓지 않으려고 노력했죠. 엄마는 이런저런 핑계를 대고 하루를 건너뛰면 꿈을 이루기 위해서 투자할 시간이 절대적으로 부족해요. 엄마의 꿈이 서럽지만 더 위대한 이유는요. 어려운 환경에서도 원하는 바를 성취하기 위해서 끝까지 노력하는 집념이 있기 때문이겠죠.

가을 초, 두 권의 책을 동시에 집필하면서 작업하는 분량이 두 배나 늘어났죠. 설상가상으로 추석에는 둘째가 감기가 심해서 열이 났어요. 이틀을 연달아 응급실에 오고가면서 밤새 아기를 돌봤어요. 아이가 괜찮아지니 기다렸다는 듯이 제가 아팠죠. 수시로 차를 마시면서 컨디션을 최대한 빨리 끌어올렸죠. 아기를 키우면서 꿈을 이루려고 하면 끊임없이 이벤트가 생기지만 절대 포기하지 않아요.

저에게는 성공일지를 보다 더 많은 사람들에게 알리고 싶은 동기가 있었어요. 저의 경험을 널리 전달하는데 책만큼 훌륭한 도구가 없더라고요. 밤낮으로 성공일지를 공유할 방법을 연구했어요. 작심삼일을 평생 반복한 제가 성공습관을 1년 넘게 지킨 스토리를 통해서 사람들에게 용기를 주고 싶었죠.

지난 세월, 저는 쉽게 포기하는 사람이라 간절하게 성취감을 느끼고 싶었잖아요. 꿈을 이루고 싶은 사람들의 성공을 도와주려고 하니까 계속 움직이게 되었어요. 반드시 성공하고 말겠다는 간절함이 당신에게도 있어야 해요.

솔직히 책을 쓰는 작업이 만만치 않아요. 하루에 몇 시간씩 앉아서 책상에만 붙어있어요. 간혹 글이 잘 써질 때도 있지만 대부분은 작업이 잘 안 풀려요. 그래도 집필을 멈출 수가 있나요? 아니죠. 글이 잘 안 써지더라도 무조건 앉아서 집필과 관련된 작업을 해요. 목차를 보고 수정하거나 잘 써지는 부분을 찾아 쓰기도 해요. 아니면 새롭게 구성할 내용이 있는지 고민해요. 종이책을 쓰다가 막혀버리면 전자책을 써요. 전자책마저 안 적어지면 다시 종이책으로 돌아오기도 해요.

행동의 양을 늘리다보면 당신에게 맞는 작업 방식을 만날 수도 있어요. 저의 경우, 평소에 선배 작가님들에게 전화해서 조언을 구하기도 하죠. 가벼운 대화를 나누면서 생각지도 못한 실마리를 찾을 때가 많아요. 누구에게나 똑같이 주어진 시간을 어떻게 사용하느냐는 우리의 몫이잖아요. 저도 쉬는 시간에 푹 쉬었어요. 단, 움직일 수 있는 시간에는 사소한 행동이라도 실천했어요.

오늘 잠자기 전에 한 번 누워서 생각해 보세요. 내가 얼마나 치열하게 살았는가는 잠자기 전의 나의 몸 상태를 보는 거죠. 만약에 하루 종일 1분 1초를 목표에 집중했다면 눕자마자 깊은 잠을 잘 거예요. 걱정하고 두려워서 이런저런 생각이 든다는 것은 덜 집중했다는 증거죠. 세상에는 사람이 마음을 먹어서 못 할 일은 없어요. 그저 내가 아는 것을 실천하는 사람과 알면서도 행동하지 않는 사람이 있을 뿐이죠.

당장 한 가지에 올인 할 준비가 되었죠?
당신도 한 번쯤은 몰입구간이 필요하다.

성공과정에서 알고 있으면 좋은 점 4.
시간관리

1. 잠자기 전에 당신의 모든 에너지를 다 썼나요?

2. 하루 SNS활동과 유튜브를 보는데 쓴 시간이 얼마인가요?

3. 시간 일지를 써보세요.

5. 어떤 책부터 읽어야 하나요?

한 달에 몇 권의 책을 읽나요?

결혼하고 가정주부로서 4년 넘게 책과 담쌓고 살았죠. 막상 책을 읽으려고 하니까 막막했어요. 무슨 책부터 읽어야 할지 모르겠더라고요. 어떤 책이 좋은지 고르는 기준도 없었죠. 1년 동안, 저는 약80권의 책을 읽었어요. 처음에는 무작정 자기계 발과 잠재의식과 관련된 책 위주로 봤어요. 지금도 제가 사용하고 있는 방법들을 소개할게요. 당신에게 맞는 방법을 찾아서 실천해보세요.

<책을 고르는 방법 7가지>

1. 인스타그램에 해시태그# '북스타그램'을 검색해보기. 혹은
네이버 블로그에 추천 책을 찾아보기.

인스타그램에 게시물을 올릴 때 특정 핵심어 앞에 '#'기호
를 붙이잖아요. 대표적으로 북그램, 북스타그램 등을 검색해보
세요. 인스타그램에 사람들인 본 책을 인증한 글을 살펴보면요.
요즘에 사람들이 어떤 책을 많이 읽는지 알 수 있어요. 그 책
들은 대부분 베스트셀러일 가능성이 커요. 네이버 블로그에도
책의 내용을 상세하게 공유해주는 글도 있어요. 게시물을 보고
흥미가 생기는 책을 선택하면 된답니다.

2. 존경하는 기업가나 좋아하는 작가의 추천 도서목록 보기.

동기부여 채널에 가면, 빌게이츠, 워렌 버핏 등 세계적인 기
업가들이 추천하는 도서목록을 쉽게 볼 수 있어요. 성공한 사
람들이 책을 추천하는 이유가 있으니 자신에게 필요한 책부터
읽어보세요. 도서목록에 있는 책을 하나씩 읽으면서 체크하니
까 성취감도 더 커졌어요. 처음에 저도 존경하는 작가들이 권
하는 책들 위주로 읽었어요. 성공한 사람들이 공통적으로 추천
하는 책은 다 이유가 있어요.

3. 온라인 서평단에 참여하기.

누구나 책을 사기전에 한 번쯤은 고민해봤을 거예요. 저는
독서하면서 메모하는 습관이 있어서 대부분의 책을 구매해요.

책을 계속 사다보면 어느 순간 책값이 부담될 수가 있어요. 때마침 인스타그램이나 블로그에 인플루언서가 진행하는 서평단 이벤트에 눈길이 자꾸 갔죠. 서평이란, 책의 내용에 대한 평을 뜻하는 말이에요. 출판사에서 책을 무료로 제공받아서 일정 기간 내에 독서하고 평가를 하는 거죠. 신간을 홍보하는 목적으로 진행되기 때문에 이벤트를 쉽게 볼 수 있어요. 단, 서평단에서 책을 고를 때에는 관심 있는 분야의 책인지 당신의 취향과 잘 맞는지 판단하고 선택하세요.

4. 무작정 서점이나 도서관에 가서 책을 구경해보기.

이 방법이 제일 쉬워요. 서점에 가서 직접 책을 골라보세요. 처음에는 눈에 끌리는 책의 표지를 보고 집어 들어요. 저자 소개와 목차를 보고 읽어보고 싶다는 생각이 들면 사람들은 책을 구매하죠. 여러 책을 구경하다 보면, 당신이 고르는 책들의 공통점이 있을 거예요. 만약에 당신이 부동산을 공부하고 싶다면, 재테크 분야의 코너에 가서 투자관련 책들을 살펴보세요.

5. 지인들에게 추천을 받아보기.

평소에 책을 즐겨 읽는 지인에게 물어보세요. 제가 작가로서 성공할 자신이 없을 때, 무엇부터 해야 할지 몰랐어요. 방향성을 못 잡고 방황할 때, 직업상담사인 친한 언니가 <원씽>을 권했어요. 저도 코치하면서, 그분에게 필요한 책을 소개해요. 제가 소개한 책을 읽고 자신의 적성을 찾은 사람들도 있어요. 책을 통해서 슬럼프를 극복했다고 감사하다는 분도 있었죠.

6. 유튜브에 댓글도 챙겨보기.

작가로서 성공해야겠다고 다짐하고 유튜브에 동기부여 관련 영상들을 찾아 봤어요. 성공한 사람들의 마음가짐과 습관이 궁금했어요. 어떤 방법으로 실천하고 어느 정도로 전념했는지 알고 싶었죠. 동기부여 동영상의 댓글에는 사람들이 추천하는 책들이 있어요. 그렇게 운명적으로 만났던 책이 바로 <웰씽킹>이죠.

7. 독서모임에 가입해서 독서 습관 기르기.

책을 가까이 하면, 주변에 독서하는 사람들과 연결이 돼요. 온라인이나 오프라인에어 운영되는 독서모임이 많아요. 처음에 책 읽는 습관이 잘 안 잡힐 수 있어요. 초보자는 독서 모임에 가입해서 프로그램 일정을 따라가는 것도 좋아요. 독서 모임을 활용하면 책 읽는 습관을 쉽게 만들 수 있죠. 다만, 책 읽는 속도가 본인과 크게 다를 수 있어요. 모임에서 선정한 책이 당신의 취향과 맞지 않을 수도 있어요. 독서모임을 선택할 때, 이러한 사항들을 참고하세요.

제가 다 직접 경험한 방법이에요. 개인적으로 서평단이랑 독서모임은 제 스타일과 잘 맞지 않았어요. 제가 보고 싶은 책을 나만의 속도로 읽는 것을 선호하더라고요. 사람마다 성향이 다르니까 다양한 방법을 시도해 봐요. 독서의 재미에 제대로 빠져보세요.

책을 읽는다고 모두 다 성공하는 것은 아니다.

그러나 성공한 사람들은 모두 독서하는 습관을 가지고 있다.

세상에서 가장 합리적인 소비이자 현명한 투자는 독서다.

성공과정에서 알고 있으면 좋은 점 5.
책 고르는 방법

1. 평소에 좋아하는 분야가 무엇인가요?

2. 최근에 당신이 관심이 있거나 배우고 싶은 것이 있나요?

3. 서점이나 도서관에 가서 끌리는 책을 읽어보세요.

6. SNS활동이 불편해요

 인스타그램이나 블로그, 유튜브 채널을 운영하나요? 단체 채팅방은 몇 개 있나요? 올해 초, 꿈을 향해 달려가면서 여러 커뮤니티에서 활동했어요. 지난여름, 무려 10개가 넘는 단체 채팅 방이 있더라고요. 심지어 그 방에 있는 사람들이 70%이상 겹쳤어요. 메시지를 확인하지 않으면 숫자 '1'이 보이니까 괜히 수시로 들어가게 되더라고요. 집필을 시작하면서 집중력이 급격하게 떨어진다는 것을 깨달았죠. 막상 채팅 방을 다 나오려고 하니까 사람들에게 미안했어요.

하지만 제가 통제할 수 있는 문제는 오랫동안 고민할 필요가 없어요. **결단력이 필요한 순간에는 '용기' 한 스푼이 있으면 된답니다.** 저는 마음이 평안해야만 일도 잘하고 가정도 잘 돌볼 수 있다고 생각해요. 미안함 감정은 잠시지만, 제일 중요한 것은 저의 실력이죠. 일단 제가 성공해야 남을 도울 수도 있기 때문에 빠른 결정을 내렸어요. 당시 참여하고 있던 프로그램을 제외한 나머지 단체 채팅 방에서 나왔어요. 그랬음에도 불구하고 여전히 5개 정도의 채팅 방이 남았었죠.

물론, SNS활동을 활발히 하면 좋은 점도 있어요. 서로의 일상을 공유하면서 친분도 쌓을 수 있어요. 무료로 제공되는 강의와 프로그램도 참여하고 도움을 받았어요. 그러나 제가 SNS활동이 불편해진 이유가 크게 두 가지에요.

첫 번째, 지나친 SNS활동으로 감정소비가 커졌어요. 잠시만 무언가를 하다가 앱을 확인하면 순식간에 메시지가 150개씩 쌓여있는 채팅 방이 줄지어 있었어요. 수많은 내용을 일일이 다 읽는 것도 벅찼어요. 단체 채팅 방에 있는 사람이 수백 명이 넘으니까 소통이 원활하지 않은 느낌이었어요. 자연스럽게 덜 주목받는 사람들도 생겨났어요. 이윽고 나중에는 메시지를 확인도 안하고 그냥 들어갔다 나오기를 반복했어요. 그런 행동들이 불필요하게 느껴졌죠. 제가 숫자가 보이면 신경 쓰여서 꼭 들어가서 '1'을 없애야하는 성향이더라고요.

두 번째는 시간낭비를 꼽을 수 있죠. 마땅히 볼 것도 없으면서 습관처럼 SNS를 보고 있었어요. 메신저뿐만 아니라 인스타그램, 유튜브 등도 마찬가지에요. 제가 팔로우 한 사람들도 점점 늘어나서 260명 정도 되었죠. 그만큼 매일 업데이트되는 게시물도 갑자기 많아졌어요. 저를 알리기 위하는 수단으로 시작한 인스타그램이잖아요. 그런데 게시물을 올리고 댓글을 관리하면서 SNS활동을 하루에 30분~1시간정도 하고 있더라고요.

SNS활동을 줄이게 된 이유도 세 가지가 있어요. **첫 번째, 가장 중요한 것은 실력이다.** JYP 박진영도 인맥관리를 하는 대신 자신의 실력을 키우고 몸을 관리하라고 조언해요. SNS활동을 하면서 '주객전도'라는 말이 떠올랐어요. 인맥관리에 치중한 나머지 노력이 뒷전이 되면 안 된답니다. 실력이 뛰어나다면, 자연스럽게 저와 함께 작업하려는 사람들이 늘어나겠죠. 기본적으로 무조건 '실력'이 우선시 되어야 해요.

두 번째, 나쁜 습관을 버리는 것이 더 중요해요. 스마트 폰을 의식적으로 하지 않는 것이 핵심이죠. 제가 좋아하는 수학 스타강사 '장승제' 선생님이 공부하기 싫을 때.

"슬럼프가 와서 공부가 안 될 때는, 공부를 안 해도 된다. 대신 공부에 방해되는 스마트 폰으로 하는 인터넷 서핑, 게임, 유튜브도 하지마라. 그러면 공부를 하게 된다."

이 말에 전적으로 동의해요. 시간일지를 써보면 핸드폰을 보는데 많은 시간을 쓰고 있죠. 의식적으로 SNS를 보는 시간을 줄인다면 자기계발 시간을 2~3시간은 더 확보할 수 있어요. 무작정 공부하기 싫다고 스마트 폰을 기꺼이하지 말고요. 차라리 명상하면 감정의 찌꺼기들이 가라앉고 차분해져요. 어차피 폰도 못 만지는데 다시 책을 보게 되더라고요. 집중력이 떨어지면 차라리 산책을 나가거나 집안일을 해요. 중요한 일에 더 집중하기 위해서 어플 알람도 꺼뒀어요.

마지막으로, 한정된 시간을 효율적으로 활용하기. 특히 아이 엄마는 자신을 위한 시간이 한정적이에요. 주말에는 24시간 중 절반 이상을 아이들을 돌보는데 사용하죠. 그 시간을 제외하고 11~12시간 중에 평균 7시간 정도 자요. 결국 자신에게 4~5시간 정도 투자할 수 있어요. 남편이나 친정 식구 등 다른 사람들과 협력이 필수에요. 그렇지 않으면 잠을 줄여야만 하잖아요. 잠을 지나치게 줄였더니 평소에 안 좋던 눈에 자꾸 문제가 생기더라고요. 다양한 SNS을 전략적으로 활용해야겠죠.

혹시 '마이크로 인플루언서'를 아시나요? 특정 분야에 전문성을 갖추고 소비자와 소통하는 영향력 큰 사람들을 일컫는 말이죠. 팔로워 수가 최소 1,000명에서 10,000명인 사람을 마이크로 인플루언서라고 해요. 출판사는 작가의 가능성을 보고 투자하기 때문에 마이크로 인플루언서 작가를 선호해요. 이미 어느 정도의 예상 독자를 가지고 있는 작가와 계약하려고 하죠.

SNS에 당신만이 만들 수 있는 콘텐츠를 개발해야 해요. 사람들에게 줄 수 있는 주요메시지를 찾아보세요. 가치 있는 메시지를 어떻게 전달할지 찾아야죠.

1년 전 쯤, 저도 글쓰기 전용 블로그와 인스타그램의 계정을 만들었어요. 블로그는 사진마다 설명을 붙이기가 비교적 쉽고 긴 글을 올리기가 편해요. 또 다른 장점은 카테고리 별로 글을 분류하기 좋아요. 인스타그램은 사진이나 릴스(짧은 동영상)와 함께 짧은 글을 올려요. 인스타그램 특유의 세련되고 모던적인 감성이 인기 많아요. 다양한 각도에서 찍은 동영상을 음악을 넣어서 편집하면, 릴스가 제법 멋진 작품이 되죠. SNS를 활동하기 전, 인스타그램, 블로그, 유튜브 등 어떤 채널을 중점적으로 키울지를 결정해요. 당신의 콘텐츠 성격에 맞게 알맞은 채널을 선택하는 거죠.

SNS채널을 소비하는 사람이 아니라,

당신만의 SNS를 생산하는 사람이 되세요.

우리는 슬기롭게 SNS를 활용해요.

성공과정에서 알고 있으면 좋은 점 6.
슬기로운 SNS생활

1. 지금 활동하고 있는 커뮤니티에 만족하나요?

2. 반드시 참여해야 하는 채팅 방 외에 정리해보세요.

3. 당신을 홍보하는 SNS채널을 적극적으로 활용하세요.

7. 나는 돈에 욕심이 없어요

"저는 돈에 욕심이 없어요. 우리 가족이 건강하면 돼요."

현실은 어떤가요? 보통 돈이 많아서 문제가 생기나요? 아니면 돈이 부족해서 힘든 적이 많았나요? 당신이 진짜 원하는 것을 제대로 알고 있어야 해요. 우선, 우리가 생각하는 방식을 바꿔야 해요. 저 또한 성공해야겠다고 결심하기까지는 부자가 될 수 없다고 믿었죠. 애써 사람들 앞에서 돈에 관심 없는 척을 했어요. 혹시 이런 경험들 한 번 씩은 있지 않나요? 저는 부산에 살고 있어요. 가끔씩 해운대구 센텀 시티를 지나갈 때 가격만큼 높이 솟은 고급아파트를 올려다보면서.

'와~ 진짜 좋네. 도대체 저렇게 비싼 집에는 누가 사는 걸까? 의사? 변호사? 사업가?'

그저 그곳에 사는 사람들이 부러웠죠. 누가 뭐라 한 것도 아닌데, 저는 으레 겁을 먹고.

'나는 저런데 살 수 없겠지?'

이 말처럼 슬픈 말이 또 있을까요? 스스로가 한계를 딱 지었어요. 몇 십억을 호가하는 고급 아파트에 살기 위해서 어떻게 돈을 벌어야하는 지도 몰랐어요. 만약에 당신도 이런 생각을 하고 있다면, 당장, 부정적인 생각 구조부터 고쳐야 해요. 돈과 부자에 대해서 긍정적인 감정을 가지고 있어야 당신이 원하는 것을 끌어당길 수 있어요. 왜 불가능한가요? 세상에 노력해서 안 되는 것은 없어요. 벌써부터. '나는 부자가 될 수 없다.'라고 단정 짓고 포기하면 안 되는 거예요.

'나는 부자다.

내가 원하는 모든 것을 가질 수 있는 멋진 사람이다.'

긍정적으로 생각을 바꿔야 해요. 일단, 책을 읽고 행동하면서 세바시대학에 들어가게 되고요. 작은 실천들을 하니까 조금씩 길이 보였죠. 신기한 것은 글쓰기 과정이나 공고문이 운명적으로 눈앞에 딱 보여요. 소중한 기회들을 지나치지 않고 하나씩 준비해서 나의 것으로 만들었어요.

반년 만에 강의도 하고 세바시 무대에도 섰잖아요. 책을 쓰고 있는 동안에도 어서 성공일지 챌린지 프로그램, 글쓰기 과정 열어달라고 문의가 들어오고 있어요. 저의 경험을 바탕으로 누군가에게 강의를 할 수 있다니 얼마나 설레는 일인가요?

세상에 욕심이 없는 사람은 없어요. '과거의 나'는 돈에 욕심이 없다고 생각했죠. 아니, 더 정확히 말하면 욕심이 없다고 '나 자신'을 속였어요. 작가로서 성공할 자신이 없었고, 부자가 될 수 있는 방법을 몰랐죠.

하지만 이제는 '나'라는 사람을 제대로 알았어요. 저는 야망이 넘치고 가지고 싶은 것이 많은 사람이더라고요. 고급 아파트, 명품 가방, 멋진 외제차 등 원하는 것이 넘쳐나요. 사랑하는 사람과 원하는 장소에서 최고의 것을 누리고 싶은 마음이 굴뚝같아요. 저는 오래전부터 꿈이 작가였어요.

작가로서 성공할 방법과 자신이 없던 '과거의 나'는 평범하게 내신 공부만 했어요. 대부분의 사람들이 대학가니까 적당하게 성적을 유지하다가 지방사립 대학교에 들어갔죠. 취업이 안 돼서, 면접 보러 다닌다고 전국 방방곡곡 안 다닌 데가 없어요. 남들보다 뒤쳐졌지만 밥벌이라도 하려고 중소기업에 다녔어요. '이십 대의 나'는 정말 원하는 일이 아니라서 그런지 직장 생활도 오래하지 못했죠. 몇 번의 퇴사 끝에 방황하는 저에게 부모님은 종종 이렇게 말씀하셨죠.

"그 좋은 직장을 나온 것은 네 인생의 최대 실수야"

"너는 왜 이렇게 독하지가 않아."

그 말을 들을 때마다, 지난 저의 노력을 인정받지 못하는 것 같아서 화가 머리끝까지 나고 분노가 온몸으로 퍼졌어요. 비난을 들을 때마다 언제는 '돈이 전부가 아니다.'라고 말하시던 부모님의 말씀이 혼란스러웠죠.

결혼하기 전에는 돈에 큰 욕심이나 야망 따위들이 딱히 없다고 생각했어요. 그저 사랑하는 가족이랑 함께 시간을 보내고 관계가 중요했거든요. 인생이 그렇게 평탄하던가요? 현실은 돈이 부족해서 오히려 싸움이 나는 경우가 많죠. 뉴스만 봐도 금전관계로 사건이 일어나는 경우를 종종 보잖아요.

막상 결혼을 하고 보니 며느리로서, 딸로서 챙겨야할 부분들이 많았죠. 양가 부모님에게 용돈도 넉넉하게 드리고 싶고요. 식당에 가서 가격을 따지지 않고 장어, 소고기도 마음껏 대접해드리고 싶었어요. 그때부터였을까요. 제 인생을 제대로 살고 싶은 간절함이 생겼어요. 제 능력으로 가족을 책임지는 사람이 되고 싶었어요. 솔직하게 부자가 되고 싶은 자신과 마주하게 되었죠.

혹시, 당신이 만들어 놓은 틀 안에 갇혀있지 않나요?

'나는 돈에 욕심이 없어요.'

한 번 더, 자신에게 물어보세요. 첫 번째, 당신의 속마음을 천천히 들여다봐요. 당신의 감정에 솔직해지세요. 당신이 진짜 원하는 것이 무엇인지 정면으로 마주하세요. 자의든 타의든 사람은 살아오면서 꿈을 미루거든요. 어쩌면 우리는 허무하게도 꿈을 쉽게 포기하고 사는지도 몰라요.

두 번째, 부정적인 생각을 벗어 던지고 새로 목표설정을 해 보는 거죠. 당신이 정말 원하는 것을 이룰 수 있다고 생각의 구조를 바꿔요. 무엇이든 원하는 것을 성취할 수 있다고 믿고 나아가세요. 당신이 꿈꾸는 모든 것을 다 가질 수 있다고 자신을 믿으세요. 마지막으로, 당장 행동으로 옮겨요.

당신이 생각하는 만큼만 성공한다.

당신의 생각의 구조와 크기를 바꿔야한다.

성공과정에서 알고 있으면 좋은 점 7.
생각 구조

1. 당신이 살고 싶은 삶은 어떤 모습인가요?

2. 당신이 부자가 될 수 있다고 생각하나요?

3. 100일 동안 긍정확언을 외치고 생각구조를 바꾸세요.
('나는 부자다. 내가 원하는 모든 것을 가질 수 있다.')

8. 진짜 책 한 권으로 인생이 바뀌나요?

"책 한 권을 읽고 인생이 바뀔 수 있나요?"

이 질문에 단 1초의 망설임도 없이 바로 "네."라고 자신 있게 대답할 수 있어요. 제가 첫 책 <웰씽킹>을 읽고, 부에 대한 생각의 뿌리를 송두리째 바꿨어요. 당장 할 수 있는 작은 행동을 실천하고 좋은 습관도 장착했어요. 그토록 간절하게 꿈꾸던 저의 책을 쓰고 있어요. 보도 섀퍼의 책<돈>에 나오는 성공일지를 통해서 성공습관들을 1년 넘게 잘 지키고 있어요. 책 한 권으로 제 인생이 바뀌었기 때문에 당당하게 말할 수 있죠. 가장 중요한 핵심을 지금부터 알려드릴게요.

각 분야의 최고 수준에 있는 사람들의 삶이 궁금했어요. 그 때부터 책을 읽으니 그 비밀들을 금방 알 수 있었죠. **성공한 사람들에게는 공통점이 하나 있더라고요. 책을 읽고 그치는 것이 아니라 행동으로 옮기는 것이죠.** 우연히 <웰씽킹>을 읽고 성공습관을 실천해서 꿈을 이루어 가고 있어요. 2022년, 5월에는 부산광역시 북구청에서 <사람책>으로 등록되었어요. 지난 여름부터, 공공도서관, 복지관에서 강의를 했어요. 6개월도 안 돼서 많은 기회들이 찾아와요. 이 모든 것은 매일 성공하는 하루를 보냈기 때문에 가능한 일이죠.

하반기에는 다른 사람을 도울 수 있게 되었어요. 7월에는 성공일지 챌린지를 하면서 사람들의 성공을 디자인해드렸어요. 세바시대학교에서 글쓰기 과정의 FT(학습조력자)를 맡았어요. 8월, 책을 쓰기 시작했고, 틈틈이 강의를 했어요. 9월, 종이책과 전자책을 동시에 썼어요. 10월, 전자책을 출판하고, 지금, 성공일지를 다룬 이 책의 원고를 완성했어요.

이 모든 변화가 책을 읽고 행동하기 시작해서 일어난 변화들이죠. 이 방법은 <본깨적 독서법>이에요. 들어보셨나요? '**본깨적 독서법**'은 '**보고 깨달은 것은 적용하는 독서법**'이라는 뜻이에요. 제가 실천하는 방법을 단계별로 설명해드릴게요.

<본깨적 독서법 3단계>

1. 책은 밑줄을 그으면서 읽어요.

당신에게 필요하거나 끌리는 싶은 책을 구매해요. 책 내용 중에서 특히 와 닿는 부분이나 기억하고 싶은 부분을 밑줄을 그어요. 1회독 시, 중요한 부분을 샤프로 줄을 긋고요. 2회독 시, 빨강색 볼펜으로 좋은 문장을 밑줄 쳐요. 책을 세 번째 볼 때, 핵심 문장은 형광펜으로 표시해두는 거죠. 자신만의 스타일로 펜의 종류와 색깔은 정해요. 책을 다시 읽을 때는 밑줄 친 부분들만 읽어서 2회독, 3회독하는 시간이 확 줄어들어요.

최근에 저는 작문법과 관련된 책을 위주로 읽어요. 이때, 노트에 밑줄 친 중요하거나 기억하고 싶은 내용을 따로 적어요. 독서하면서 동시에 강의할 때 필요한 내용을 준비해요. 나에게 필요한 정보들을 선별해서 기록하는 거죠. 그 외에도 노벨문학상을 수상한 작품을 읽을 때는 어떤 점이 좋고, 아쉬운 점도 함께 적어요. 나중에 글을 쓸 때, 필기한 부분을 반영하기 위해서죠.

2. 아이디어는 바로 메모하기.

책을 읽다가 깨달은 것이나 아이디어가 떠오르면 여백에 메모해요. 책을 읽다가 좋은 생각이 많이 떠오르잖아요. 아이디어가 휘발되지 않도록 사소한 것이라도 메모하는 습관을 가지세요. 그 메모가 당신이 사업하거나 글을 쓸 때 자료가 되거든요. 저는 책을 지저분하게 읽을수록 나중에 뿌듯하더라고요. 그만큼 책에서 삶에 적용할 부분이 많다는 증거니까요. 책을 읽으면서 생각을 바로바로 정리해보세요. 큰 자산이 될 겁니다.

3. 책에서 삶에 적용할 것을 정하고 실천해요.

책을 백 권, 천 권을 읽는 것이 중요한 것이 아니에요. 책 한 권을 읽더라도 거기서 배운 것을 당신의 삶에 적용했는지가 핵심이죠. 행동하는 사람이 기적을 만드는 거예요. 책에서 적어도 이것 하나만큼은 인생에 적용할 부분을 찾아보세요. 무조건, 그것을 실천하세요.

위 3단계를 차례대로 따라해 보세요. 본깨적 독서법으로 읽은 책이 쌓여갈수록 당신의 내공이 달라져 있을 거예요. 어떤 어려움이 닥치더라도, 역경에 대처하는 당신의 태도가 중요해요. 그냥 책을 읽고 덮었을 때, 저는 막연하게 작가라는 꿈을 '나중에' 이뤄야지 했거든요. 하지만 본깨적 독서법을 실천한 이후로, 저는 꿈을 '지금' 이루고 있는 사람이 되었죠.

이제 이 책을 읽고 있는 당신의 차례인가요?

세상에는 지속적인 성장을 하는 분들이 많아요. 삼십 대 중반에 아기를 키우면서 시작해서 늦었다고 생각할 수도 있었지만, 오늘이 내생에 가장 젊은 날이기도 하죠. 명확한 목표를 가지고 본깨적 독서법을 실천한다면, 당신이 꿈을 반드시 이룰 것이라고 확신해요. 1년 넘게, 본깨적 독서법을 시작하고 좋은 습관들을 실천하고 있어요. 이 방법이 보다 더 빨리 원하는 꿈을 이루도록 도와줬어요. 당신도 본깨적 독서법을 통해서 성공 습관을 하나하나 장착해보세요.

한 권의 책을 두세 번을 읽고 깊게 보는 방법이 효과적이에요. 처음에는 하루에 두세 권을 나눠서 다독에 신경을 썼어요. 하지만 요새는 한 권을 보더라도 천천히 소화하면서 읽고 있어요. 여러 책을 하루에 나눠서 읽더라도 속도보다는 내용에 집중해서 보세요. 새로 배운 습관들을 성공습관 목록에 넣고 꾸준하게 지키고 있어요. 100일 동안 지킨 습관들이 늘어날수록 꿈에 다가가는 느낌이에요.

저는 학벌이 좋거나 내세울 만한 경력이 있는 사람도 아니죠. 재작년까지 만해도 저는 평범하게 아이 둘을 키우는 가정주부였죠. 출산과 육아로 경력이 단절돼서 취업할 데가 마땅하지 않았죠. 작심삼일만 반복해서 삼십대 중반까지 무엇이든 제대로 끝을 낸 적이 없어요. 이런 제가 반년 만에 작가, 강연자가 되었죠.

지금까지 실패한 경험으로 한 번이라도 좌절해봤다면.
이제는 가슴 속에만 품고 있던 꿈을 이루고 싶다면.

당장 오늘부터 성공일지를 쓰기를 바랍니다.
매일 성공하는 하루를 보내기를 바랍니다.

끝내 꿈을 이루기를 바랍니다.

성공과정에서 알고 있으면 좋은 점 8.
본깨적 독서법

1. 당신의 인생 책은 무엇인가요?

2. 자신에 대한 확신이 생겼나요?

3. 성공일지를 쓰고 성공하세요.

에필로그

멋진 청개구리가 된 당신에게 '눈부신 성공'을 선물하세요.

"아이들 잘 키우는 게 돈 버는 일이다. 제발 이번까지만 책 쓰고 집안일에 신경 써."

밥 먹는 것도 잊은 채 글만 쓰는 제 뒤통수에 대고 엄마가 자주 하시는 말씀이에요. 매번 말씀은 저렇게 하시지만, 옆 동에 사시는 엄마는 자주 우리 집에 오세요. 밤새 책 쓰고 피곤해서 제가 낮잠 자러 들어가면요. 엄마는 거실에서 빨래라도 개거나 설거지라도 해두세요. 저 조금이라도 쉬어가면서 하라고 배려해주세요. 저는 청개구리입니다. 엄마의 말을 듣지 않고, 오늘도 새벽 늦게까지 책을 읽고 글을 쓰고 있습니다. 1년 넘게, 아무리 말려도 명절에도, 여행가서도 습관을 다 지키고 자니까요.

평생 고생하신 엄마에게 좋은 옷 한 벌 사드리고 싶어요. 평생 중고차만 타신 아빠에게 새 차를 뽑아 드리고 싶고요. 아버님, 어머님에게 마음껏 소고기도 사드리고 싶은 마음이 굴뚝이에요. 용돈 걱정 없이 혼자 사시는 할아버지도 자주 찾아뵙고 싶죠. 가끔 지인들이.

"밤에 잠 좀 자고 편하게 살지. 왜 사서 고생이야."

"네가 생각하는 것처럼, 그렇게 빨리 성공할 수 없어. 불가능해."

저에게 부정적인 말을 하는 사람들에게 눈부신 성공을 보여주는 거죠. 그것만큼 세상에 의미 있고 통쾌한 일이 있을까요? 남들이 불가능하다고 말릴 때, 끝까지 자신을 믿고 행동하세요. 인간은 누군가가 "너는 못 할 거야."라고 말하면 더 잘 해내고 싶은 심리가 있잖아요.

우리 곁에는 응원해주는 소중한 사람들이 더 많아요. 저도 감사한 마음을 가지고, 꿋꿋하게 목표만 바라보고 달려가고 있어요. 매일매일 성공일지를 쓰고 좋은 습관을 지키세요. 자신의 인생은 스스로 책임져야합니다. 누구나 부자가 돼서 원하는 것을 다 이루고 멋지게 살 권리가 있어요. 긍정확언 중에 제가 가장 좋아하는 문장이 있어요.

"사랑하는 사람들과 원하는 장소에서 최고의 것을 누린다."

이 문장을 수없이 외치면서 다짐해요. 가족들과 펜트 하우스에서 와인을 마시고, 부모님에게 마사지 이용권을 끊어드려요. 유럽으로 여행가서 남편과 아이들과 웃고 있는 모습을 떠올려요. 당신도 꿈꾸는 삶을 상상하세요. 약 6개월 동안, 이 책을 쓰면서 성장하고 발전된 이야기를 채워나갔어요.

최근에는 스마트스토어 <성공디자이너>를 오픈해서 온라인으로 성공일지 챌린지 프로그램을 진행하고 있어요. 네이버카페 <성공디자이너>에서 글쓰기와 성공일지 관련 자료도 매일 공유해요. 꿈은 이루어집니다. 책을 읽는 사람에서 책을 쓰는 사람이 되었어요. 말이 아닌 행동하는 사람이 되었어요. 당신이 성공하는 가장 확실한 방법은 열정적인 끈기입니다. 성공일지라는 도구를 활용하세요. 오늘도 성공하는 하루를 보내시기를 바랍니다.

딱 1년만 미친 듯이 행동하세요. 성공은 당신의 것입니다.

멋진 청개구리가 된 당신에게 '눈부신 성공'을 선물하세요.

- 성공디자이너 조소정 드림 -

감사의 글 - 사랑하는 사람들에게

'청개구리 나'가 잘 성장할 수 있도록 옆에서 시간을 확보해 주는 남편, 애드원에게 무한한 감사와 사랑하는 마음을 보내요. 원고를 완성하는 마지막 날, 제가 새벽 늦게까지 작업하고 힘들어서 아기를 재우면서 같이 잠들어버렸죠. 저를 깨우는 소리에 나가서 식탁을 보고 깜짝 놀랐어요. 노릇노릇하게 구워진 삼겹살, 제가 좋아하는 회와 매운탕이 놓여있었어요.

이제는 제발 원고 마무리하라고 식사를 차려준 남편에게 감동받았어요. 제가 이룬 모든 결과는, 나의 꿈을 적극적으로 지원해준 당신덕분이에요. 진심으로 감사하고 사랑합니다.

"엄마..엄마~~~~어디 있어? 왜 없어. 으아아아앙~~~"

새벽에 자다가 제가 옆에 없다고 울면서 깨는 첫째를 보니 마음이 짠하네요. 둘째가 아기라서 다 컸다고 생각한 쑥쑥이(첫째 태명)도 아직 어린 아이네요. 앞으로는 아이들을 더 많이 안아줘야겠어요. 애교가 넘치고 사랑스러운 봉봉이(둘째 태명)가 건강하게 자라서 감사해요. 엄마는 너희에게 꿈을 이루라고 말하기 전에 엄마가 먼저 꿈을 이룬 모습을 보여줄게.

도움이 필요할 때, 언제든지 달려와 주는 친정 부모님과 여동생이 있어서 든든해요. 항상 며느리를 아껴주시고 예뻐해 주시는 아버님, 어머님에게도 감사 인사를 드려요. 제가 복이 많은 사람이에요.

이 책이 나오도록 옆에서 응원과 격려를 보내주신 지인옥 작가님, 힐링홈 전자책 3기 작가님들, 세바시대학 선생님들, 켈리스 분들에게도 감사의 마음을 전합니다.

부록1 - 성공하루 도구 3가지 양식

* 성공하루 도구 1 - 할 일 목록

○○○ 할 일 목록, 오늘 날짜

1.

2.

3.

* 성공하루 도구 2 - 성공습관 목록

○○○ 성공습관 목록, 오늘 날짜

1. 첫 번째 습관 Day. ○

2. 두 번째 습관 Day. ○

3. 세 번째 습관 Day. ○

* 성공하루 도구 3 - 성공일지

○○○ 성공일지, 오늘 닐짜 Day.○

1. 작은 성과

2. 선한 영향력을 끼친 행동

3. 칭찬, 댓글, 메시지

부록2 - 성공하는 하루를 보내는 15가지 습관

Part.1 마음가짐

1. 확언 - 무한한 잠재력을 끄집어내는 방법

2. 명상 - 감정 정리 및 스트레스 관리

3. 걷기 - 면역력 강화 및 아이디어 정리

4. 정리 - 생각 정리 및 불필요한 소비 억제

5. 글쓰기 - 삶의 방향을 안내 및 감정 해소

Part.2 부자습관

1. 기부 - 돈의 흐름을 원활하게 함 & 부와 운을 끌어당김

2. 소액투자 - 리스크 분산 효과

3. 이자통장 - 새로운 수입을 만드는 능력을 키움

4. 영어공부 - 고급 정보를 빨리 습득 가능 & 의사소통 원활

5. 본깨적 독서법 - 실행력을 높임 & 능동적인 삶

Part.3 기록습관

1. 시간일지 - 시간관리 & 업무의 효율성 극대화

2. 깨달음 및 아이디어 일기 - 지혜롭게 행동 & 창의성 올라감

3. 강의일지 - 다양한 강의 콘텐츠를 준비 가능

4. 블로그와 인스타그램에 기록 - 퍼스널 브랜딩에 도움

5. 성공일지 - 습관을 만드는데 효과

부록3 - 꿈을 이루게 만들어준 도서목록 Best 10

1. 웰씽킹(켈리 최)
- 시각화, 부를 창조하는 생각의 뿌리를 바꾸는 방법
2. 더 시크릿(론다 번)
- 끌어당김의 법칙, 생각이 감정을 만든다. 잠재의식 활용법
3. 보도 섀퍼의 돈(보도 섀퍼)
- 재정 상태 점검, 성공일지, 이자통장 소개
4. 아주 작은 습관의 힘(제임스 클리어)
- 습관을 쉽게 지키는 방법
5. 원씽(게리 켈러, 제이 파파산)
- 우선순위와 목표 설정 방법
6. 10배의 법칙(그랜드 카돈)
- 행동의 양을 늘리기, 원대한 목표 설정하는 방법
7. 기브 앤 테이크(애덤 그랜트)
- 인간관계에서 성공한 사람들의 특징
8. GRIT(그릿)(앤절라 더크워스)
- 재능을 뛰어 넘는 열정적 끈기
9. 타이탄의 도구들(티모시 페리스)
- 세계 최고들의 성공 비결을 담은 책
10. 생각하라 그리고 부자가 되어라(나폴레온 힐)
- 부를 이루는 13가지 원칙, 자기 계발서의 교과서